我只爱爱我的人，因为我不懂怎样去爱一个不爱我的人。

张小娴

著

Zhang Xiaoxian
WORKS

谢谢你离开我

湖南文艺出版社
HUNAN LITERATURE AND ART PUBLISHING HOUSE

博集天卷
CS·BOOKY

一个人也可以，但是，要有两个人、两张嘴和两个自我才吵得成

序 言　　后来的夏末和飘雪的长夜，
　　　　　或是余生，在此地，或者异乡

　　是这样想过的，当我老了，身体衰败，我会带着所有的积蓄，与心爱的人住进瑞士湖间一座美丽的温泉疗养院，每天做些舒服的治疗和按摩，泡澡，洗温泉，吃些美味的季节料理，夏末的早晨在林中散步，飘雪的漫长夜晚坐到温暖的炉火边静静地望着窗外的雪花。在人生最后的一抹黄昏，看尽湖光山色、迟暮与晚霞。直到把身上的钱都花光了，那就放下这副皮囊，了此残生。是想要以这么任性又糜烂的方式离开，一步一步回到生命的故土。

　　所有曾经痛彻心扉的离别，也痛不过人生最后的一场离别。到了这一天，从前的那些离别又算什么？有些离开，是为了使我们更好和更优秀地走到生命的终点。

　　人的一生，要经历多少次离别，又要经历几回人面桃花，然后终于习惯了身边的人来来去去，终于明白了没有永远的相聚，也终于看淡了世事与人脸的种种变迁？"舍不得你。"这句话，却又那么难以开口。

　　"留下别走好吗？"这句话，也是太难说出口了。即便说得

出口，又是否能够如愿？都已经到了这个时候，应该是不能如愿的了。

所有带着爱或者带着恨的离别，也是一次痛苦的割裂。若做不到微笑道别，鞠躬离场，那么，是不是可以默然转身，憋住眼泪，鞠躬离场？谁叫你当初爱上了呢？总有一天，你会对着过去的伤痛微笑。你会感谢离开你的那个人，他配不上你的爱、你的好、你的痴心。他终究不是命定的那个人。幸好他不是。

这辈子，能够相守固然是好，无法相守，只是因为不适合。有些你爱过的人的确只是个过程，他在你生命里出现，是为了使你茁壮，使你学会珍惜和付出，使你终于知道这一生你想要的是什么，你始终追寻的又是什么。当天的坠落，换来的是日后的提升。那么，当时的痛苦也就值得了。

所有到不了头的恋爱终究是一种历练。那一刻，你的心碎掉了，溃不成军，却只能爬起来，擦干眼泪往前走。是有这么一个人，或者几个，爱得死去活来，只因为是他首先离开，是他首先告诉你，他不爱你了，而你却没有机会回头对他说这句话。既然这样，就当自己吃亏好了。人总要吃点亏吧？

我们接受生命里的许多东西，甚至所有，终归会消逝，离开不也是一种消逝吗？损毁的会重建，新的会取代旧的，笑声会取代眼泪，眼泪又取代欢笑。直到有一天，这一切骤然终结，没有笑声，也再没有眼泪。

后来的夏末和飘雪的长夜，或是余生，在此地，或者异乡，当你比现在老些，或是已经很老了，想起那个离开你的人，想起那张在记忆里早已模糊了的脸，你会感谢他的离去，是他的离去给你腾出了幸福的空间。

张小娴

目 录

目 录

2
爱情终究是
经营不来的

3

我爱过，所以我活过

目 录

谢　谢　你　离　开　我

4

心中的答案

接受两个人的相同点，当然毫无困难，我们甚至会说，这是我们互相吸引的原因。

1
你爱我吗？

四肢在恋爱

♥

恋爱的时候，我们的四肢也在恋爱。

爱情的感觉，由胸膛蔓延到两条手臂和两条腿。

你曾经有过这种经验吗？

手找到了幸福，

脚找到了安宁。

手触摸到柔软的pashmina[①]，

脚踏在浪漫的Paris[②]。

手抱着温暖的枕头，

脚踏在软绵绵的地毯上。

手触摸到星辰，

脚离地升起，

手里拿着一本最动人的书，

脚踏在坚硬的地上，实在而有安全感。

①山羊绒。
②巴黎。

手摸到乌溜溜的长发，

　　脚踏在雪花覆盖的地上，虽然有点冷，却是这年冬天的第一场雪。

　　手抱着盛放的花，

　　脚走在青青草地上。

　　手指愉快地跳舞，

　　脚悠闲地打拍子。

　　手牵着他的一双手，怎也不愿放开，

　　脚勾住他的脚，两条腿缠在一起。

　　四肢都和主人一起恋爱了，怪不得当主人失恋的时候，四肢也会悲伤得失去所有气力。

你爱我吗？

这四个字，向来是最难开口的。我们在心里想了百千遍，将要开口的时候，还是觉得腼腆。

"你爱我吗？"这句话，不能说得太早，也不能说得太迟。说得太早，会影响全局，说得太迟，已经没用了。

热恋的时候问对方："你爱我吗？"他便知道你已经爱定他，从此以后，你们的关系就是你爱他多一些。

他不爱你了，你含泪问他："你爱我吗？"是不是已经问得太迟？有些事情，太迟才去问，只会显得有点笨。

在床上问他："你爱我吗？"那么，你也许是个胆小的女人，这个时候，有哪个男人会笨得回答说不爱？

事后才问他："你爱我吗？"也是问得太迟了，这个时候问来有什么用？

自己遇到大挫折，或是出了意外，下半生需要他照顾，才问他："你爱我吗？"是有点自私。

有了他的孩子，才问："你爱我吗？"你以为你还是小孩子吗？你问得也是太迟了。

　　什么时候该问？能问的时候毕竟不是太多，也许，该在他爱你爱得最深的时候问他："你爱我吗？"

　　不能肯定的时候，问来干吗？

你爱我吗？

爱情不是阳光、空气和水。

它不是必需品。

然而，它就像夜空上绚烂的烟花。

烟花不是必需品，每个人却都想看一回烟花。

一天，当一个人看过了够多的烟花，也已经看出了烟花的绚烂只是一瞬间，然后就散落，甚至是虚幻的、骗人的，他幽幽地转过身去，把那片寂寞的天空遗落在背后，从此不再那么想看烟花了，但他心中的那片天空毕竟是点亮过的。他邂逅过烟花。

是的，一个人也可以，但是，要有两个人才会甜蜜。

一个人也可以，但是，要有四片嘴唇才可以亲亲。

一个人也可以，但是，要有两个人、两双手和四条腿才可以变化出许多不同的拥抱，可以飞抱、熊抱、腰后抱、亲嘴抱，用尽全身气力的狠狠抱。

一个人也可以，但是，要有两个人和两颗脑袋，你才可以把脑袋靠到另一颗脑袋上睡一会儿。

一个人也可以，但是，要有两个人、两张嘴和两个自我才吵得成。吵完后，你才会知道你有多么爱他，多么想念他，多么害怕失去他，又多么痛恨自己不肯为他把自我缩小。

一个人的爱情也是爱情，你可以一直爱着一个人而永远不让他知道，把这个秘密埋藏在心底。

但是，你也深深知道，两个人的爱情圆满些，两个人的遗憾也缠绵些。

家庭是两个人或更多人的事，爱情却是一个人的事。不管你爱过几个人，不管你看过几回烟花，爱情终究是自我追寻、自我认识和自我完成的漫漫长路。

然而，这一个人的事，是要由另一个人去成全，就像烟花需要一片夜空。

我和你的
地域

♥

爱情与其说是两个个体的交流，倒不如说是两个地域的交流。

每个个体都有其历史，我们成长的背景、家庭、读过的书、受过的教育、爱过的人、经历过的事、过去的伤痕、不可告人的秘密、成长过程的创伤、爱恶和志趣，形成了一片地域。

初遇的时候，这两片地域并没有深入的交流，我们会战战兢兢地互相试探，唯恐自己那片地域不被对方欣赏，而他那片地域也是我无法进入的。

被爱的时候，我们期待对方所爱的不只是我的外表、我的成就，这一切只是我的一部分，并且会随着时日消逝。我们期待他爱的是我那一片地域，那里有我的脆弱和自卑，有我最无助和最羞耻的时刻，有我的恐惧，有我的阴暗面，有我的习惯，也有我的梦想。

爱上这片地域，才是爱上我。

我带着一片地域来跟你相爱，接受我，便意味着接受我的地域。

爱一个人的时候，也同时意味着你愿意了解这片地域。

爱情有时候难免夸大了两个人的相似之处，然后有一天，我们

才发现相似和差异同样重要。

接受两个人的相同点，当然毫无困难，我们甚至会说，这是我们互相吸引的原因。然而，接受彼此的差异，却是惊涛骇浪，是两个地域的合并。

在一场演讲会上，有观众问我，以下三种男人，如果只能选一种，你选哪一种？

感觉。

感动。

感性。

我不会选感性的男人，男人感性是好的，百分百感性却令人吃不消。男人，还是应该理性一点，理性的男人比较有安全感。

我会选择令我感动的男人。

因为爱我，他做了许多让我感动的事情。

我自问可以做很多让男人感动的事情，但你知道那是多么疲倦的吗？

看到他那阵子不太开心，你挖空心思买一份小礼物送他，去选礼物，也要花好几天，还要担心他不喜欢那份礼物。

他家里有事，他爸爸或是妈妈生病了，他没空照顾他们，你便要负起这个责任来感动他，你对自己爸爸妈妈还没有这样好呢。

他工作太忙，没时间开支票，没时间找房子，没时间搬家，没时间到银行，没时间买日用品，你替他一一办好，俨如他的秘书和菲佣，他很感动，你却累得要死。

不如，从今以后，由他来感动我，我乐得做个铁石心肠的女人。

至于你问，让你有感觉的男人又如何？

曾经，好想拥抱一个人，感谢他为我所做的一切，那一刻，也许大家都有感觉，然而，只要冷静一下，感觉转瞬即逝。感觉，是靠不住的，难以永恒。

真的让你爱上了又怎样？我们一生之中可以爱上超过一个人，我们却只能够与其中一个人终老。

你曾否静静地看着熟睡中的恋人？

忘了是什么样的心情之下，他睡了，你却睡不着，于是转过脸去，静静地看着熟睡中的他。他的睡姿也许并不优美，但你不会介意。

人可以透过镜子看到自己的背影，却永不可能在熟睡的时候看到自己的睡姿，这么私密的时光，只能留给身边的人。

看着熟睡中的恋人，你心里不禁生出了许多问号：

为什么会是他睡在你身畔而不是别人？

你为什么会爱上他，而他又会爱上你？

他有时候看上去是不是很陌生？

为什么这个人能让你笑，也能让你哭？

他是真实的吗？为什么有时你会觉得自己在做梦？

他就是将会和你长相厮守的人吗？

你悄悄地呼吸着他的鼻息，倾听着他的呼吸，忽而有点茫然。他是一条小船，由于命运的驱使，顺水漂流到你的床榻之岸。

这样的概率有多大？无从计算。

你吻了吻他的脸，为他拉上被子，看着他酣睡，不禁又生出了爱怜。在你床榻之岸停留的人，是多么天真和善良，毫无戒备，像个孩子似的。你告诉自己，以后要好好爱他和珍惜他。

然而，当他醒来，当你也醒来，你还是会和他吵嘴，还是会怀疑他是否就是那个跟你厮守终生的人。瞬间的感动，原来只是感动了自己。

你爱我吗？

一个人的掌声

我不需要在掌声中登场，但我希望有一天可以在掌声中告退。

我不为别人的掌声而活，我在乎的永远只是一个人的掌声。纵使赢得全世界的掌声，却得不到心爱的人的掌声，也是会失望的。

有时候，我们那么努力，并不是为了别人的掌声，而是为了身边的人微笑拍掌。

我们口里不说，一副好强好胜的模样，好像想赢得全世界。天可怜见，我们只是想得到一个人的掌声，他却也许并不知晓。

他也许会说："已经有那么多的人称赞你了！"

这句话就好比说："天上已经有那么多的星星了啊！"

没有了陪你看星的那个人，天空还是会黯淡。

观众的掌声，真假难辨，终究隔了一层。唯有情人的掌声如歌，余音袅袅。

观众的喝倒彩，往往是真的。然而，只要我在乎的那个人说："我觉得你很好。"

那就抵得住全世界。

一厢情愿
的时候

即使是两相情愿的爱情里，也还是会有许多一厢情愿的时候。

我常常会想，狠狠地吵了一架，说了分手以后，那个人还是会舍不得我。夜阑人静的时候，他会悄悄来看我，在我住处的窗下等待终宵，只为了看看我家里是不是亮起了一盏昏黄的灯，只为了看看我在窗前的剪影。

可惜，当我半夜起床，心中充满希望地走到窗前往下看的时候，从来就没有发现过我期待的熟悉的身影。

我永远不会知道，到底是我一厢情愿，还是他来过了，只是我没看见。

有时候，吵嘴之后，他竟然不打电话来，不是一天，两天，而是三天。这时候，我大概也会一厢情愿地想：

"他害怕我还在生气，想我自己冷静一下。"

女人的一厢情愿总是和爱有关的。我们一厢情愿地告诉自己：

"我是他一生最爱的女人。"

"他对我是最好的。"

"他说过永远不会离开我，他说过一定会做到。"

男人的一厢情愿又是什么？

会不会是这些：

"她最崇拜的人是我。"

"她不能没有我。"

"虽然我不是她第一个男人，但我肯定是最教她销魂的那个。"

大千世界，难免有许多骗子。然而，人们自欺的时候往往比欺人的时候多。

有些自欺是苦的，却也有一些是甜的，譬如那些两相情愿里的一厢情愿，那些等待终宵的幻想，那些被崇拜的快乐。是这些一厢情愿点缀着两相情愿的日子。

有情但薄幸

有些人感情丰富，另一些人则不然。有些人是真的没有什么感情，他看悲剧不会哭，见到别人受苦不会有什么感觉。他照样会谈恋爱和结婚，但是，他跟伴侣的关系更像伙伴多一些。

那天跟一位朋友聊天，我们讨论谁有感情谁没感情。他提起Y，然后说：

"不论怎样，他有感情。"

"他当然有感情。"我说，"没有感情怎么能够薄幸？"

Y是个很薄幸的男人，两片嘴唇很薄，一双故作深情的小眼睛躲在眼镜片后面，怎么看都是一副薄幸相，而他的确也是个薄幸的人。

　　不要以为薄幸的人无情，他们只是很快就把感情收回去。

　　他爱你的时候，一往情深，甚至为你疯狂。他不爱你的时候，就像换了个人似的，可怕地冷漠。用情时的忠诚和无情时的决绝，是如此真实。

　　薄幸的人会倾心去爱一个人，是因为他爱自己。那一刻，他追求的是那种能和某人相爱的感觉。只是，他的激情很快过去，然后渐渐厌倦身边那个人。为了自身最大的利益和快乐，他毫不犹疑就变心，重又深情地爱上另一个人。他知道怎样去勾引，但不知道怎样付出。

　　无情，便无法薄幸，正如恨一个人也得用一颗心去恨。

　　爱的反面不是恨，而是冷漠。与薄幸对等的，不是无情，而是无义。

　　你还记得头一次向男朋友发脾气时，是哪个男人遭殃吗？你又记不记得是哪个男朋友在你发脾气时无动于衷？

　　谁没有一点小小的脾气？我们有脾气又总是向最亲密的人发泄。

　　有时候，心情不好，在外面受了委屈，被工作的压力压得透不过气来，忍不住向他发脾气，你期望他会迁就你、纵容你，甚至宠坏你。那么，不管这个世界多么让你失望，你还是会觉得快乐。

　　有时候，你的脾气是冲着他发的。他说了一句话或是做了什么惹你生气，你马上板起一张脸。他跟你说话，你把他当作空气，一点反应也没有。他要是再厚着脸皮跟你说话，你就恼火地骂他，将他赶走。

　　到了第二天，他打电话来找你，你要不是说："你舍得打来了吗？"就是晦气地摔他的电话，等他再打来。虽然明明知道自己有点过分，你还是觉得如果他爱你的话，就会迁就你，会苦笑着说：

　　"唉，你真是我的野蛮女友。"

　　然而，有时候，你发脾气是因为知道他不爱你了。因为害怕他会离开你，你只好卑微地迁就他，等他回心转意，但他没有。直到一天，你受不住了，就像一头受伤惶恐的动物，退到角落里，鼓起最后勇气向他吼叫，是哭声，也是绝地反击。

可是，他却丢下你，冷冷地说：

"你发脾气也没有用，我根本不在乎。"

你终于知道，当你发脾气的时候，明明不是为了什么重要的事情，却有一个人把它当作一回事，那些日子是多么地甜蜜。

把自己挂在一个人身上

买了一个漂亮的包包挂钩，外出吃饭时，可以把包包挂在桌边，那就不怕遇到小偷。

望着那个挂钩，突然想到思念一个人的滋味。

人为什么会思念一个人？是习惯还是爱？

要说是习惯，那么，是不是以后再也不能够用思念去衡量我们有多爱一个人？

要说是爱，可是，明明好像没那么爱一个人了，却还是会思念他。

为什么要思念一个人？有时候，那滋味并不好受，总是夹杂着泪水的咸味与记忆的酸苦。

如此挂念一个人，是不是因为两个人一起的日子曾经那样喜欢把自己挂在他身上？

那时候，就是喜欢把自己挂在他高高的挺拔的身体上，紧紧勾住那宽阔的肩膀。那一双手，总是在你挂上去的时候牢牢地抱住你，那片胸膛，总是温暖着你的心怀。能够飞奔过去，双脚离地，把自己挂在一个人身上，是多么幸福和美好？那一刻，谁都没想过对方有一天会放手。到了要放手的时候，我们才明白思念的滋味。

好男人的贴身服务

一本杂志的记者在街上访问了几十位女士，请她们回答一个问题："一个男人愿意为你做一件什么事，你才会认为他是一个好男人？"

答案出人意表，原来女人对男人的要求不是上刀山、下油锅，不是天长地久，也不是信誓旦旦，而是你想也想不到的小事。

一个女人说："有一次，上班时高跟鞋烂了，我不知所措，打电话给男朋友求救，他专程来到我的办公室，替我把鞋子拿去修补，然后再送回来给我。"

另一个女人说："我睡觉的姿势很可怕，睡得乱七八糟，要是他肯把三分之二张床让给我便好。"

女人终于也明白到所谓海誓山盟是可遇而不可求的，它早已成为虚幻，生活却是实实在在的，一个男人若愿意为女人做一件体贴的小事，胜过五十年不变的承诺。依此类推，好男人的行为还包括：

"我喜欢吃四黄莲蓉月饼，但只喜欢吃蛋黄，我的男朋友愿意为我吃掉那些莲蓉。"

"有一次，我上班时不小心被月经弄污了裙子，一时不知所措，

打电话给男朋友求救，他回家拿了一条新裙子来我的办公室
给我更换，又替我把弄污了的裙子拿去洗。"

　　"我的鞋带松脱了，他在人来人往的街上蹲下来替我系
鞋带。"

今天想吃什么

　　我爱吃，从前会有很多东西想吃，今天想吃这个，明天想吃那个，曾经大老远一个人从新界开一小时的车到港岛，只因为突然馋嘴起来，很想吃一碗热腾腾的叉烧拉面。

　　不过，这几年，我已经没有什么东西特别想吃了。要说一样最喜欢的食物，也只有海鲜，但是吃不到也没关系。我不会长途跋涉去一个地方，只为了吃一尾鱼。

　　我也爱吃垃圾食物，写稿时，还有心情不好的时候，吃点巧克力和薯片，的确有点帮助。

　　我记得几年前有一位很爱吃也很会吃的朋友跟我说：

　　"等到冬天，我带你过海去吃粥，那儿的粥好吃得不得了，但你别介意要蹲在路边吃。"

　　我并不是很介意蹲在路边吃东西，只是，我喜欢吃粥的程度还不至于我肯为它蹲在马路边。

　　如今，没有非吃不可的东西，于是，吃饭最重要的是跟谁一起吃和到哪儿吃。最幸福的，自然是跟喜欢的人吃好吃的菜，喝好喝的酒。至于吃什么，最幸福的并不是吃的一刻，而是忙碌了一天，约好了晚上一起吃饭，在电话那一头，或是见面的时候，他体贴地问你：

"今天想吃什么？"

不过是一句寻常老话，然而，天已经黑了，当你拖着疲乏的身躯离开办公室，觉得吃不吃都无所谓的时候，这句话，却像春风一样拂上你的脸。情路上的千回百转，等待的原来就只是这么一句平常话。

　　每次朋友请吃饭，我一定会衷心地说：

　　"谢谢你请我吃饭。"

　　即使是很相熟的朋友，也不能省掉这一句。

　　他不是理所当然要请你吃饭的，他的钱也是很辛苦赚回来的。一声谢谢，代表你欣赏他的慷慨。那么，他付钱的时候，也会付得非常乐意。

　　他同时请几个人吃饭，其他人不说谢谢，我也会带头说谢谢。无论这天晚上是否过得愉快，我该感谢他的心意。有些人很要不得，每次付账都袖手旁观。人家付账，他连一声"谢谢"也不说，只管留意别人给多少小费，看看人家慷慨不。

　　当你每次都微笑着说"谢谢你请我吃饭"，那么，他以后也会很愿意请你吃饭。

　　跟男朋友吃饭，当然不用说这一句。

　　道别的时候，你不妨微笑着跟他说：

　　"我今天玩得很开心。"

　　听到这一句，他会觉得他今天为你努力安排的一切，或者他为你而推掉的重要约会，都是值得的。

　　即使你并不是过得很开心，也不要吝啬这一句话。今天的节目不是很好，但你感谢他陪你度过生命中的一天。

他对你的好

一个受了情伤的女孩说：

"你可以爱他，爱他的英俊，爱他的聪明，但请不要爱上他对你的好。在他的善良、体贴下面，你摸不到他内心隐藏的幽暗的空洞。即便真是遇见了一个，他的好，也是属于他的东西，随时可以收回，可以作废，随时可以赠予下一个人。"

他对你的好，也是值得爱的，甚至是最值得爱的。

英俊和聪明是与生俱来的，几乎不需要付出，也不需要努力。但是，他对你的好，是要付出，要努力，甚至是要牺牲的。

谁的内心没有一个隐藏的幽暗的空洞？我们都是孤独的野狼，习惯了形单影只流浪荒岭，一天夜里，抬首仰望天空，竟爱上了其中一颗星星。

它照亮了我心中幽暗的部分，它温柔了我冷酷的双眼，使我放下长久以来的戒备，使我想到终结我孤单却安全的旅程，使我突然很想对另一个人好，也使我猝然了悟，爱情就是想对一个人好，诚惶诚恐地把我对他的万缕柔情双手奉上，希望他笑纳。

只有当我如此爱着一个人的时候，才会想要对他好，也才懂得对他好，所做的一切，全是为他而做，只想他快乐。

　　也许，我终究做得不好，明明想他快乐，却让他伤心，但我是如此痴心地想对他好。

　　爱一个男人，可以爱他的英俊，爱他的聪明，但请不要只爱这些。他的聪明，他的容貌，他的个性，他的钱，他的事业，都是属于他的，只有他对你的好，才是他对你的情意。

　　是这份情意，让你在他的人生中有了一席之地。

　　是他对你的好，使他变得独一无二，也使你变得独一无二。

　　也许他不英俊，他也不是世上最聪明的人，但他是对你最好的人，那才值得珍惜。

　　情逝的那天，他对你的好可以收回，但不能作废，因为你拥有过，也将永为你所有。

他赠予下一个人的，是另一种好。

他对下一个人有多好，你不必去想象。当一个人活得日子够长，也就会明白，这一生，我们爱的也许不止一个人，但我们对其最好的，却只能够是其中一个，从今以后，再也不可能对另一个人那么无可救药地好了。

为什么？因为，爱是累人的。后来的后来，我只想别人对我好。

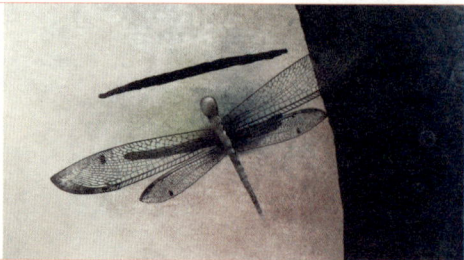

隔着电话线的亲亲

这动作不知道是谁发明的，绝不可能是从据称是人类始祖的黑猩猩那儿遗传的，因为那时候，世上还没有电话。

即使是现在，除了人类，没有一种动物会讲电话，更别说在电话里头亲亲。

每一次，在挂断电话之前，其中一个人，会甜甜地朝着话筒噘起嘴亲一下，被亲的那个，也发出一声回吻。

"听到吗？"

"嗯，听到了。"

只有这样，才算是道了再见。

虽然没有真的亲到嘴，却是无法代替的甜蜜。

当他在遥远的地方，这亲亲就是思念。

当他刚刚从你身边离开，要晚一点才会再见面，这亲亲是一个小而甜美的情意。它是一个永远不会让你感到唏嘘的习惯。

当你在电话里哭的时候，电话那一端一个柔情的、关爱的亲亲，仿佛就能够止住滚滚掉下来的泪水。

有时候，它是温馨的情趣。

明明吻得那么响亮，当他问："听到吗？"你偏偏作弄他说："没听到。"

"现在听到吗？"

"呒呒，还是没听到。"

吵架之后，它是小小的报复。

他首先求和，传来一个温热的亲亲，微笑的声音问你："听到吗？"

你不回答，也不回应那个求和的亲亲，故意任由它落空。其实，他还是亲到你心里去了。

所有这些细碎而美丽、隔着电话线的亲亲，抚吻了恋爱的无数个日子。然后有一天，你发现，只有当时深深爱着的人，才能够拥有这些亲亲。另一些人，只做爱，不亲亲。

憋不住的眼泪

一个小读者受了点委屈，在那个冤枉她的人面前哭了。

我跟她说，不要在你不喜欢的人面前哭，因为他们不值得。只有在对你好的人跟前，你流的眼泪才值得，才会被珍惜。

然后，她问我，怎样可以憋住眼泪。

惭愧得很，我是个眼浅的人，常常拼命咬住嘴唇，跟自己说："不要哭！不要哭！"最后还是很没用地掉下眼泪。

要是有什么方法可以憋住眼泪，我也想知道。

有读者马上提出一个方法，她说，当眼泪要掉下来的时候，拼命睁大眼睛，眼泪就可以憋回去。

另一个读者说，眼泪快要掉下来的时候，只要拼命仰起头，眼泪就不会掉下来。

这个方法真的行得通吗？

那个场面会不会变得很滑稽啊？

当你拼命仰着头想要把眼泪憋回去的时候，站在你面前的那个人看到的就只有你的下巴。那太怪异了吧？想起也觉得好笑。

大概是一个人这么做的时候，自己也觉得太好笑了，所以眼泪

可以憋回去。

我只有一个方法憋住眼泪，就是在想哭的时候赶快逃跑，找个地方躲起来关上门哭个够，然后抹干泪水，挺直腰背，若无其事地走出来，不让别人知道我哭过。

可惜，红红的眼眶还是会出卖我。

我不为自己那么容易掉眼泪而难堪，我只为自己在不想流泪的时候流泪、在不应该流泪的时候流泪而难堪。

现在的我，已经不需要面对我不喜欢和讨厌的人了，所以，他们也没有机会看到我哭。然而，即使在我爱和爱我的人面前，我有时候也不想他看到我的眼泪。

可惜，憋住眼泪就跟憋住一句很想说的话一样困难。

明知道说了出来也许会后悔，明知道说了出口，他以后也许不会像现在这么爱我，终究还是说了。

要是那一刻，能够拼命仰着头，把话憋回去，那多好啊。

有人说，爱情是保持青春的不二法门。

那得要看看是在哪个阶段。

爱情刚刚开始，互相猜测，患得患失的那段日子，的确会让人变得年轻。所有在这个阶段的男女，都是春心荡漾，容光焕发的，人也变得漂亮。人漂亮了，看上去自然也年轻些。

过了头三个月和头一年，不再那么患得患失了，想要年轻，需要的是甜蜜。甜蜜的情人和甜蜜的日子，总会让人变得比真实年龄年轻一些，那是因为幸福。

到了第三年，想保持青春，靠的是斗志。大部分人过了第三年

便会松懈，反正大家都已经见过对方最糟糕的样子了，仍然肯花时间和心思打扮，希望自己看起来比去年，甚至几年前更年轻，没有斗志怎么行？有斗志的人恋爱时总会年轻些。

十年后，或是二十年后，对同一个人，想要保持青春，靠的已经不是爱情了，而是个人的气质和保养，这时候，要想突然年轻五岁，只有换一个恋爱的对象。

爱情是否让人变得年轻，还得要看看是什么样的爱情。有些爱情是会使人年老的。

我们身边不都有这些人吗？他们谈着一段拖拖拉拉又不快乐的爱情，日子久了，看上去既憔悴又苍老。光阴岂会了无痕迹？苦恋的光阴更是飞快，一年好比三年。

爱情这玩意儿，总是会让人既年轻也年老，仿佛在时光隧道的两头颠簸。最糟糕的是，年轻或年老，就像一个人的年纪，不是由你选择的。

年轻的情人

　　我有一位女朋友，一直都跟年纪比她小的男孩子谈恋爱。她的外表比真实年龄年轻，那些小伙子从来就不知道她有多大。

　　我说：

　　"要是有一天，他们问起呢？"

　　她耸耸肩说：

　　"他们通常不会问，要是他们问起，我会撒谎。"

　　"可是，要是有一天你跟其中一个结婚，注册的时候，他一定会知道你的年纪！"

　　"那时候，他们后悔已经太迟了。"她笑笑说。

　　她告诉我，她有一个朋友，嫁给了一个比自己年轻十岁的男人。

　　"她四十岁的时候，他才三十岁啊！"她摇摇头说。

　　这一回，轮到我说：

　　"这不是很好吗？"

　　要是你爱上一个年轻的情人，那么，直到若干年后，你也不会看到一个发线往后移、头发变得稀疏、有了鱼尾纹和小肚子的情人。

你看到的还是男人的花样年华。男人的青春也是青春啊。

王尔德说，青春是一根烟。

一根烟，一下子就烧完了。

我们都知道追逐青春多么傻，那就好比追逐一种终会烟消云散的东西。但是，情人的青春，总是能够刺激我们努力留住自己身上的青春。

一个朋友问我：

"你知不知道有没有人暗恋你？"

我没好气地说：

"既然是暗恋，我又怎会知道？要是我知道，便不算暗恋。"

况且，我向来不是那种自恋成狂的人，常常觉得自己好可爱，别人都该暗恋我。

很久以前，曾经有人告诉我，某君暗恋我。某君跟我是很谈得来的朋友，于是，有一次，我在电话里试探他，问他：

"你有没有暗恋过别人？"

谁知道，他回答我说：

"噢……我从来没暗恋过别人。"

后来我想，我问得这么直接，即使他有一点点喜欢我，也不会承认，搞不好还以为我暗恋他呢。

我不暗恋别人，所以也觉得别人不会暗恋我。有人说，暗恋很伟大。有人说，暗恋是一个礼物般的伤口，凄美浪漫。但是，请相信我，暗恋若是没有修成正果，对方没爱上你，那么，暗恋终究只是一场浮不上面的单思。

　　我们以为自己苦苦暗恋着某人，而其实，我们暗恋着的，只是一个我们在想象中美化了千百遍的人，愈是得不到愈是爱，愈是得不到愈是肝肠寸断。到了后来，那浮不上面的单思，只好沉落在暗恋湖的湖底，化成一片荒芜的青苔。

坐船的男人

♥

　　认识一个洒脱的女孩子，她告诉我，打从很小的时候开始，她已经觉得爱一个人是不需要拥有他的。

　　这天晚上，我和她吃着美味的意大利菜，我问她：

　　"那你做得到吗？"

　　她回答说：

　　"从前做不到，所以很不开心，如今老了些，也爱过好几个男人了，我开始觉得我可以做到。"

　　她的确做到了。她跟一个男人相爱，有了孩子，没有结婚，然后自己带着孩子生活。

　　她实践她从小就信仰的那一套想法，不拥有别人，也不让别人拥有她。她说，我们和我们爱着的那个人，应该各自拥有一片天

地，想见面的时候，其中一个人坐船去找对方就可以了。

我笑笑说：

"那你得要找到一个肯坐船来看你的男人呀！"

一个人信仰怎样的爱情，其实都没问题，但是，人终究不能自己跟自己谈情。萨特找到他的波伏瓦，约翰·列侬也找到他的大野洋子。生不带来，死不带去，这点道理谁不知道？做到却是另一回事。

不让对方拥有自己也许会容易些，不拥有对方却没有想象的那么容易。除非，人是不会孤单，不会寂寞，不会害怕失去，也永远不会老去的。

一旦老了，还能坐船吗？

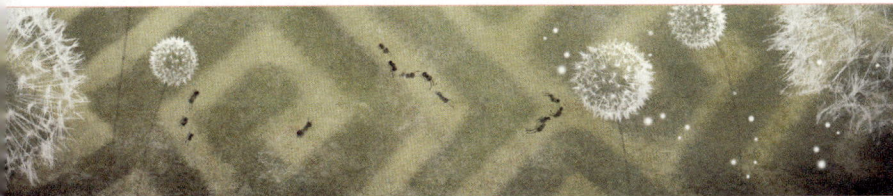

应付一个女人

跟旧同学吃饭，他兴高采烈地说着他现在同时交往的几个女朋友，等他说完了，我忍不住问：

"她们喜欢你什么呢？"

我其实想说："她们为什么喜欢你？我不觉得你那么有吸引力啊！"

他得意扬扬地告诉我："我什么都能够跟她们聊上半天。化妆、美容、买衣服，所有流行的东西，都难不倒我。我很会聊天，我也很乐意听她们倾诉。"

然后，他补充说："女人其实很简单嘛！她们就是想要一个听她们说话的男人。"

可是，假如我要的只是一个听我说话的人，我跟他做朋友也可以啊！何必要爱上他？

爱上他的那几个女人，想必是太寂寞了吧？

他意犹未尽地说："女人不过想要一个枕头！可以给她抱抱，让她休息，让她哭。"

我没告诉他，女人有时会狠狠地捶打那个枕头，把它当成受气包。

我仔细再看一遍他的脸，不禁在心中跟自己说："我可没法爱上他啊！"

我真是很糟糕啊！听人家说了一大堆情史，却很怀疑他的魅力。或许，我是看不过眼吧。不是看不过眼他同时和几个女人在一起，而是看不过眼他用情太浅。他根本不会很爱一个人，他只是喜欢跟女人厮混。他自诩很能应付女人，可是我想，他从没应付过一个他深爱着的女人，那可不是容易应付的。

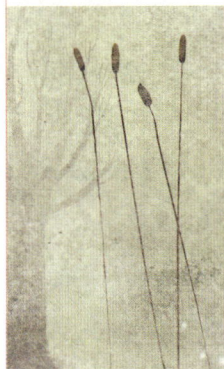

沉迷的人是可怕的

　　假如有一个男人沉迷地爱着你，你应该尽量享受这份爱，但是，请不要期望他能够爱你到永远。

　　沉迷的人是可怕的，一旦清醒，他会变得很无情。

　　他那么沉迷地爱你，必然是因为你和他之间有一种差异，也许是你不爱他，也许是你身边有人，也许是你条件太好。对于如梦似幻、看似遥不可及的东西，我们才会如此沉迷。

　　人不会永远沉迷，有一天，他一觉醒来，会发现这一切都是不平等的，他在虐待自己，也在被你虐待，过去他是溺水，今天的他再也不会再跳到水里去。他会怀疑，他是不是爱过你，而你又是否那么值得他爱。为了尊严，他否定过去的一切，收回对你的依恋和着迷。以前那个不是他，如今这个才是他，他是个冷漠自持的人，从没爱过你。

　　要是你那么不幸，在这个时候终于被他感动，爱上了他，你将会很痛苦，他绝不会像以前那样深沉地爱你，在你堕落之前，他早已经自拔。

迷恋一个人，就像着了魔一样不由自主，再怎么聪明的人，也会不惜一切掏空自己所有感情，一旦醒来，已经没有剩余的感情了，变成无情是很理所当然的事。

被一个男人沉迷地爱着的时候，不要指望他明天还会如此，你和我都应该明白物极必反的道理。

爱的两条路

对一个人寸步不离，成天盯着他，担心他遇上别的人或是被别人抢走，这样的生活其实也很累吧？

这样的生活就是没有了自己。太爱他了，太害怕失去了，觉得自己爱的这个男人太棒了，外面肯定会有很多女人想要他。愈是这样想，愈是害怕，愈是没有安全感，最后只好再盯紧些，再盯紧些。

可是，他一点都不领情，认为这是束缚，觉得你很烦人。你生他的气，满肚子委屈，终于禁不住一次又一次哭了。这没良心的家伙，他不是说爱你的吗？既然爱你，为什么不耐烦你常常黏着他？他怎么不好好想想这些年来你为他所做的一切？不想想你为他所做的牺牲？

你一次又一次告诉自己："给他自由吧！我才不要再盯着他！"可你就是死性不改，好像早已经把自己死死地钉在他身上，无论他跑到哪里，都得背着你一起去。你们不是两个人，而是一个。

一个人真的能够一辈子盯着另一个人吗？你深深知道是不可能的。你能够一直守着他直到你年老色衰的那天或是直到他老迈不堪、再也没有任何女人会爱上他的那一天吗？

　　许多道理我们心里明白，却偏偏卑微地对抗，硬要跟着自己的方式去叛逆那些千古不变的世事人情，即便是赔上眼泪也不愿罢手。

　　道理其实就摆在眼前，简单不过。找到自己的生活，也就找到自信；找到自信，也就不会害怕他不爱你，也不会想要成天盯着他。

　　爱一个人，只有两条路：要么给他自由，要么成为很棒的女人，到时候，说不定是他想要成天盯着你呢。

奴隶兽

爱情到底是牵绊还是自由?

思念绝对是牵绊，而不是自由，但我们会跟自己说，这是甜蜜的牵绊。

害怕失去，是牵绊。

离不开，也是牵绊。

想拥有对方，想要天长地久，只要哪天觉得他对我不好，心里就觉得苦。这些都是无尽的牵绊。

甘愿为他放弃工作或旅行，放弃跟朋友和家人的聚会，却也觉得失去了自我，开始憧憬着没有感情牵绊的自由生活，跟自己说，到了那一天，会毫不犹豫地奔向长久以来的梦想。

然而，当他不在身边，不会回来了，自由突然降临，我们却不懂如何展开翅膀飞翔。

我们孤单地在寂寞长街上遛着自己的影子，心里空虚又荒凉。

如今想去哪里都可以，却又哪里都不想去。

那些曾经憧憬的梦想，那些要不要继续下去的无数内心挣扎，那些为他放弃过的自由，都变得没有意义了。

那么，我们要的是牵绊还是自由？

我们到底是一头自由的奴隶兽，专属于我们深爱的那个人，甘之如饴地被他牵绊，遛着彼此的影子，只有偶尔在夜深人静的时候独自悄悄爬上屋顶，坐在那儿，仰望无涯的星空，想念一下那些遗落了的梦想。

抑或，我们是一头不自由的奴隶兽，太爱你了，只好被你牵绊，情深一往地遛着你的影子，紧紧跟着你，生怕你把我丢下，不肯成为我的牵绊，也不肯让我成为你的牵绊。

时间终究会带走青春的翅膀，却往往留下一根多情的尾巴。 ● ● ●

2
爱情终究是
经营不来的

我和你的习惯

我听过一位很成功的女士谈到她那段没有成功的婚姻，她说，她和前夫离婚并不是因为有第三者，也不是有什么大问题，是真的没什么，只是生活习惯不同，前夫喜欢安安静静、慢条斯理坐着把饭吃完，急性子的她却会拿着那碗饭从饭厅吃到厨房，又从厨房吃到饭厅。

比起那些血淋淋的破碎的婚姻，这样的婚姻虽然还是破碎了，但是终归可以淡然一笑。

听到这个故事的时候，我在想我吃饭的习惯。我既不是安安静静地坐着乖乖吃饭，我也不至于一边吃一边走来走去，大概是两者之间吧，要看心情，也要看我当时忙不忙。

我是个急性子，受不了慢吞吞的人。遇上慢吞吞的人，我还真是恨不得替他把饭吃完、把话说完。我爱上的人，虽不至于像我，可是，好像也没有慢郎中。

急惊风遇着慢郎中，也有可能是一双璧人。我认识一对夫妻，正好是这个组合，每次外出，不是先生等太太，而是太太等先生换

衣服、吹头发、弄这弄那。要是换了我，早就当场气死了，他们却是对活宝。

在爱情和婚姻里，生活习惯到底有多重要？

假如有足够的爱，急惊风是不是也会爱死了他的慢郎中？要是爱得不够，无论是急惊风跟急惊风，还是慢郎中跟慢郎中，始终也是要分道扬镳的。

我们是不是可以接受一个跟我共同生活却又跟我生活节奏和习惯不一样的人？有一个人可以忍受我跟他不同的生活习惯，毕竟是幸福的。要是他不是忍受，而是因为爱我所以也愿意跟我那些"恐怖"的生活习惯长相厮守，那样是不是更幸福？

世间相对论

世间很多事情是相对的：开始与结束、短暂与永恒、复杂与简单、快乐与痛苦、生命与死亡。

然而，我们往往在了解其中一样时，才了解相对的另一样。

没有人希望快乐的事情要结束，然而，你有否回忆一下这种快乐是怎么开始的？快乐来的时候，不是一个意外吗？是你料想不到，甚至做梦也没想过的。你没想过自己会那么幸福，而你唯一的过错是以为快乐不会结束。当你了解开始，你也了解结束。结束就像开始，骤来也骤去。

当你了解永恒的虚缈，你也就了解时间的无常。我们觉得过去的事情很美好，因为我们已经成为一个远远的回顾者。这种距离会把回忆美化，时间变得吊诡，恍如昨日。这也是一种永恒。

人们追求简单的生活和简单的感情，生活简单的人却憧憬一段不平凡的经历。大部分女人都梦想拥有一段轰轰烈烈的爱情。经历过这种爱情的人，反而渴求简单。

爱与恨并不是相对的，爱恨相生相灭，当你压抑恨意，希望保

持风度的时候，你会发觉，你也同时压抑了爱意。

相对的，是喜欢和不喜欢。当你喜欢一个人，他什么都是好的。当你不喜欢一个人，你看他一切都不顺眼。

时间的多情尾巴

时间会把悲剧变成喜剧。

一天，你回忆起很久以前，你打过一个男人一巴掌。

那天，他突然说要跟你分手。你哭得死去活来，卑微地哀求他留下来，他却无动于衷，仿佛从来就没有爱过你。就在那绝望的一瞬间，你咬着嘴唇，抬起手臂，二话不说，狠狠地甩了他一记响亮的耳光。

他当场呆了，一张脸歪到一边，眼镜掉到地上，回头恨恨地瞪着你。

如今，想起多年前的那一幕，你不禁会问自己：

"我到底爱上那个猪头哪一点啊？"

他一点都配不上你。他不值得。

不过，那个巴掌打得真好。

时间也会把喜剧变成悲剧。

相聚笑，离别苦……

开始的时候，总是欢乐的，甜蜜的，后来却以眼泪和遗憾来结束。

　　不是所有爱情，但是，也唯有爱情，始于如此的兴奋与渴望，又终于如此的挫败与荒凉。

　　幸好，时间也把寻常旧事变成美好的回忆。

　　我读中学的时候，学校里有自己的厨师、厨房和饭堂，我们每天吃的是大锅饭。

　　那些大锅饭把我们每一个人都养得胖胖的，有时好吃，有时很难吃。

　　最难吃的，是椰菜煮猪肉。不吃肥猪肉的我，最讨厌就是厨房煮这个菜的那天。

　　许多年后的今天，我吃过很多好吃的东西，但我竟然有点怀念那时候吃的大锅饭，也怀念那些吃得肚子胀胀的午后，我坐在课室的窗边，阳光洒落在刮痕斑斑的木桌上，我一只手懒洋洋地托着头，装着听课，却是在那里偷偷打盹，不知人间何世。

　　时间终究会带走青春的翅膀，却往往留下一根多情的尾巴，就像它把悲剧变成喜剧，又把喜剧变成悲剧。

　　原来，我们所经历的一切，虽然永不复来，却不会消失至无。

爱情终究是
经营不来的

不要相信一碗暖的糖水

　　男人晚上出去应酬，临走时打包一些食物回去给老婆，老婆本来要发脾气骂他那么晚才回家，可是，看到他竟然体贴地带了好吃的东西回来给她，也就怒意全消。他去应酬是苦差，他打包东西回来给她消夜，是心里记挂着她，这么乖巧的丈夫，她怎么舍得骂他？

　　男人无论在外面玩得多么晚才回家，只要他不是两手空空回来，女人便心甜了。

　　如果他两手空空，那么，十二点之前，他便要回家，可是，他打包东西给她消夜，那么，他最低限度可以拖到两点才回家，那份消夜就是他的免死金牌。

　　打包的东西，当然不能是在街上随便买的，那必须是在吃饭的地方顺便打包回来的，证明他的确是在那里吃饭。

　　打包给老婆的食物，当然也有级数之分，如果是腐竹糖水、杏仁茶之类，他最好在半夜两点前回家，如果是椰汁官燕，则可以再晚一点。天亮才回家的话，带什么食物都没用，她会相信你吃饭吃到第二天吗？除非你带回来的是一枚钻石戒指。

男人打包食物回家给老婆，还有一个作用，那碗糖水交到她手上，还是暖的，证明他吃完饭立刻赶回来，没有去花天酒地。男人乖巧地跟老婆说：

"还热呢，快吃吧！"

你以为他真的没有去别的地方吗？

是一个男人告诉我的，他在酒楼打包了食物，然后去按摩，回家之前，在楼下的便利店买点东西，顺便把那碗已经凉了的糖水放进去微波炉里弄热，然后施施然回家。

所以，有时候不要相信一碗暖的糖水。

把爱情削弱

你已经有多久没问过别人"你爱我吗"？

如果已经有很久了，那么恭喜你。不去测试对方爱你有多少，证明你成熟了。

我们有很多关于爱情的问题。譬如："你会爱我多久？""你最爱的是谁？""你是不是像从前一样爱我？"所有这些量度、测试和试探，以及对爱情的怀疑，都会把爱情削弱。

你不可以不为什么而爱对方吗？

你不可以照他原来的样子爱他吗？

你为什么总是希望改变他，使他更值得爱？

为什么你总是想要在他身上得到回报？

许多女孩子还在想，她要找一个很爱她的人，而她不必那么爱他，这是最幸福的。

这样真的最幸福吗？这样只是比较少受伤害。

许多人还在试探对方有多爱自己。他们说：

"如果你爱我，你应该这样……"

"你这样对我便是不爱我。"

我们已经无能力为爱情奉献，我们只是希望被爱。

也许，当你不再去量度爱情或者怀疑爱情，你才更有力量去爱。

爱情终究是经营不来的

一个女孩问："任何感情都是需要经营的，对吗？只是为什么不能顺其自然，对其放任自由？"

问这个问题的女孩，应该是很年轻吧？当你比现在长大些，你会明白，这个问题不必问。

感情既要经营，也要顺其自然，放任自由。至于怎样去掌握当中的分寸，是个人的天资。然而，天资纵有多么高，也许还是敌不过缘分。爱情终究是经营不来的。

我们唯一可以经营的，只有自己，唯一可以管的，也只有自己。学着去珍惜和欣赏眼前人，便是最深情的一种"经营"。爱情只能顺其自然，既然明知道管一个人太累，不如给他自由。他的自由也就是你的自由。随时可以走，但还是喜欢留在你身边，无论经过多少风波，始终爱你，那么，他才是你的。

两个彼此相爱的人，不会苦苦思量一段感情到底是要经营还是要顺其自然，因为一切是那么自然，茫茫天地，是有一个人，觉得爱你是自然不过，也是理所当然的事。

　　我是自由放任派，也许不是因为我有自己想象的那么洒脱，而是我知道，千辛万苦的经营毫无意义，倒不如等待一个人，他爱你就好像你是他的天命。

有人说，爱情像花一样美丽，也有人说，爱情像花一样，早晚会凋谢，甚至是朝开暮落。说爱情像花，不过是个俗套的比喻，用这个比喻的时候，我们看到的只是一朵花，而不是一朵花形成的条件。

你知道一朵花是怎么来的吗？你不可能不知道，那是许多条件的配合：阳光、气候、泥土、雨水，也许还包括一只偶然飞过的蝴蝶。有了这些条件，才会开出一朵花。

爱情也是由许多条件、现象和情境形成的。缘起而聚，某年某天，我们相遇、相知、相爱，我们便是那朵花。后来有一天，形成

这朵花的条件一一消逝，缘尽而散，也是我们分开的时候。

物质永远不会消散，花谢之后，配合另外的一些条件，另外的雨水、阳光、泥土和另一只偶然飞过的蝴蝶，一朵新的花又开出了。只是，它的形态跟从前是不一样的。

我们说没有永恒，因为同一朵花不会重现。我们愿意相信永恒，因为一朵花凋谢之后，会成为另一朵花的养分，生生不息。

所有的条件，没有一次是相同的。每一朵花，也有个性。我们从一朵花看到故事，我们从一朵花了悟缘分。缘起缘灭，不是我们可以掌控的，你只能学着拈花微笑。

朋友也好，同事也好，大家层次不同，是很难沟通的。你可以偶尔降低自己的层次去迁就他，但常常要降低层次，那倒不如不要交这个朋友。

你说的，他不明白，你在思考的事情，他从没思考过，你说东，他以为你说西。你想他做到一百分，他竭尽所能，只可以做到五十五分。这有什么办法呢？唯一的办法就是分道扬镳。

找一个层次相同的朋友并不容易，所以大部分人都是寂寞的。找一个层次相同的伴侣，那就更困难了。大家层次相同，才可以一起进步，他明白你在做什么，你也明白他在做什么。男人比较可以降低一点自己的层次，女人却往往不愿意。男人会用女人的美貌和青春来弥补彼此的距离，然而，对女人来说，男人的精神层次，就是她爱他的原因，她怎么愿意屈就？

大家的层次本来相同，但有一天，你走得比他远，你层次不同了，他还是停留在那个层次，那是最无奈的。

一个人走远了就不可能回到原来的地方，有些女人很聪明，她会停下来不再前进，她知道再往前走的话会失去身边的男人，在个人的层次和爱情两者之间，她选择了后者。层次是无尽的，爱情却有尽时。

爱情终究是经营不来的

男朋友的学历

　　女孩说，她是大学生，她男朋友连中学也未毕业，她爱他，但是心里难免有点介意他的学历太低。她问我，如果我是她，我会否介意有一个学历比自己低的男朋友。

　　你爱一个人的话，你根本不会介意他的条件。一旦你介意他的条件，那不是证明你现实和势利眼，而是证明你根本不够爱他，你爱他还不至于爱到忘记他的学历很低。无论跟他一起多久，你始终还是会介意的。既然如此，不如好好考虑一下。

　　一个人的学历并不能反映他的智慧。有些硕士生和博士生的智慧甚至比不上一个中学毕业生，人格也比不上贩夫走卒。这些博士、硕士，你要嫁给他吗？

　　一个女人选择嫁给金钱，是可以理解的，无论快乐与否，她是拿了自己的幸福来投资买卖。一个女人嫁给学历，那就很难理解了。嫁给学历有什么好处？大学毕业证书是一份很好的嫁妆，却不是一份很好的聘礼，学历比不上学问重要。

　　有些女人不介意男朋友的学历比她低，因为他虽然学历比不上她，他在其他方面却有才华、有成就。大家无法沟通的话，他的学历再高也没用。

一旦有了嫌弃和介意，那只能证明你还没找到最好的。

　　大部分人相爱的时候也会幻想最好的结局是什么。他们的理想结局通常是结婚或者厮守终生。由于一直把结局想得太好，一旦发现没可能得到那个结局的时候便会很伤心。

　　我通常会去想最坏的结局是什么。

　　我和你之间最坏的结局会是怎样？

　　是恨对方一辈子？

　　是从今以后，老死不相往来？

　　是互相折磨，互相憎恨？

　　是等到你爱上别人，我才离开？

　　是我们连朋友也做不成？

　　相爱的时候，何妨想想最坏的结局。最坏的结局也不过是老死不相往来，那就算了吧。知道了最坏的结局，那么，我们还有很多路可以走。当那一天来临，我们不会太伤心。这个结局，不是我们早已猜到的吗？

　　人们哭得死去活来，伤心欲绝，只因为他们想不到结局会是这样。我们却早已经有心理准备。

　　一个预知结局的游戏并不好玩，因为游戏只有输和赢。一场预知结局的恋爱并不会因此而不动人。恋爱并不是只有赢和输，它也留下了回忆。既然猜到结局大概有这几个，我们可以放心了。我常常说，最坏的结局是我跟你说："我要嫁给你！"那可是你的世界末日。

惜取别离时

♥

　　每次送客人离开，我总会站在门边，陪他聊一会儿，看着他走进电梯，然后才关上大门。

　　客人一踏出门口，主人就关上大门，撇下他一个人在走廊，总有点残忍。

　　要是大门的位置看不到电梯，那么也该在听到电梯来到之后，跟客人说一声再见，才回到屋里去，那是主人的温情。客人一走，门就关上，太不近人情了。

　　那天去探望一个朋友，离开的时候，她说了一声再见便顺手把门关上，把我留在屋外，那一刻，无端地失落。原来，她并没有看着客人离开的习惯。

　　可知道被关在屋外的感觉多么寂寥？独自在走廊上等电梯是一件很孤单的事情，何况还是三十四楼！

　　主人家里最好有一个阳台，客人离开时，主人走出阳台，刚好看到客人从公寓走出来，大家挥手道别。主人目送着客人离开，直到他的身影在孤灯下渐渐消失。

　　每一次离别，都是一份惆怅，因为总有一次离别是不会再见的。

　　我喜欢被目送着离开。虽然我还是要孤身上路，但是，请不要把我关在屋外。我来了，而且要走，何不惜取别离时？

惩罚

男人的分居妻子坚决不肯离婚，她要跟他周旋。她说：

"我承认，我现在只是一般小女人的心态，只要看着他痛苦，我便快乐，他不愿意看到我，我偏要他看到我，这是对他最大的惩罚。"

跟一个已经不爱自己，自己也已经不爱的男人无休止地纠缠下去，两败俱伤，是惩罚自己，还是对方？

伸手去打对方的脸，自己的手也会痛吧？除非拿一把尺去打对方，可是，为了令他痛苦而要跟他硬拼，那就不是一把尺，而是用自己的手。他不一定受伤，但自己肯定会痛。

惩罚一个人，也要付出精力和体力。惩罚一个自己爱过的人，

更要付出感情。既然明知道这个男人那么自私，也吝啬金钱，还值得把余下的青春用来惩罚他吗？

说真的，他已经不爱她，她的存在对他来说，不是惩罚，而是骚扰。

小女人也可以有大风度，优雅地下台，也是一种风度。他不肯付钱，是他没有风度，既然不愁生活，何必要他的钱？不要他分毫，那才是对他的侮辱。

一个女人，能令男人痛苦，是她本事，她有这个本事，而选择放过他，则是更有本事。

回忆的味道

　　我的一位女朋友最近跟男朋友分手。分手后，她打给他的第一通电话，只说了两个字：

　　"还钱！"

　　她恨恨地说：

　　"是他对不起我，既然他要跟别人在一起，那么，他也该把欠我的钱还给我！"

　　钱是她的，你很难说她这样做有什么不对，那个花女人钱的男人实在也不值得同情。金钱男女，有时候就是会纠缠不清，好的时候，什么都可以不计较，我的是你的，一切都可以一起分享，我可以为你浪掷金钱。坏的时候，却会锱铢必较，我的还给我，属于大家的，要分得清清楚楚，互不相欠最好。

　　分手时，想跟对方要回自己的钱，并不是金钱可爱，而是对方可恨。

　　有时候，人为的只是一口气，不过，这一口气却难免有点酸味，不是吃醋的酸，而是食物变坏的酸腐，自己闻着也不好受。

不过，不好受也还是会这么做，只为了要他跟我一样不好受。

我想起认识的另一个女子，那个男人欠她很多，分手时，她什么也不要。也许，她当了傻瓜，但是，她身上也不会有那种酸腐味，只有泪水的咸味。这种味道是会渐渐消散的。

我们也许并不富裕，可是，一段感情，我们还是浪漫得起吧?

我们难道不可以容许自己稍微慷慨一些吗? 当我们慷慨一些的时候，回忆的味道也会美好一些。

　　我记得我这么写过：无论你有多么好，世上总会有不爱你的人。

　　是不是每个人都能够找到爱情？有些人的确是一辈子也没谈过恋爱，那个命定的人，一直没有在他生命里出现。这事没有幸或不幸，都是际遇。有些人有很多爱情，到头来却不见得幸福，没有爱情的人，也一样可以生活得很好。

　　当爱情缺席的时候，你要好好爱自己，学着聪明些。笨蛋永远不会明白聪明是一种幸福。

　　当爱情缺席的时候，学着接受自己，只有当你接受自己的一切，你才会快乐，才能够学着独处。

　　当爱情缺席的时候，学着过自己的生活。过自己的生活，就是跟自己谈恋爱，把自己当成自己的情人那样，好好宠自己。

　　当爱情缺席的时候，学着对朋友好些，重色轻友，人之常情。重友轻色，失恋之常情，有了知己好友，单身的日子会过得容易些。

　　当爱情缺席的时候，你要努力些，努力工作，努力让自己进步。男人有了事业，便有女人。女人有了事业，即便没有爱情，至

少还有钱。

当爱情缺席的时候，你要学着潇洒，要明白钱会溜走，什么都会失去，我们手上没有一样东西是能够永远拥有的。

当爱情缺席的时候，并不代表你不好，也许你上辈子是个大情圣，配额已经耗尽了，这辈子只好坐坐爱情的冷板凳。

那片你没有
选择的风景

　　读书考试的日子，总希望自己最没有把握的那张试卷会有一部分是选择题，那么，即使不知道答案，至少也可以猜。离开了学校，不用再考试，却害怕人生的诸多选择，不想承担选择的后果，可也无法不选择。

　　选择了A，有时会想：跟B一起的人生会是怎样?

　　选择了B，不免会想：跟A一起的人生会是怎样啊?

　　可是，既然选择了其中一人，那就永远也不会知道跟另一个人一起的人生有什么不同。只是，有时还是禁不住会去想。幸福的时候会想，不幸福的时候更会想，却不知道，这一切都是自己的幻想。

　　直到许多年后的一天，重又看到了当天没有选择的A或是B，时间把你和他的外表跟心境都改变了，见面那一刻的心情，无论是当时已惘然，还是恍如昨日，彼此心里想的也许是同一件事情：

　　"这就是人生吧!"

　　就是啊! 这就是人生，你永远不知道那片你没有选择的风景。

一个人的
晚饭
♥

一个人吃晚饭，总是难免的吧？要是那天只有我一个人，我会留在家里。我不喜欢到外面吃。

在这个城市，适合一个人吃晚饭而又出色的餐厅为数太少了。中餐绝对不适合。虽然我可以点一尾清蒸活鱼、半只南乳烧鸡和一个青菜，然后再来一碗虾仁鸡蛋炒饭，但是，这种吃法太像一个下班晚了不想回家吃饭的男人了。

西餐吗？西餐的情调永远是为两个人而设的。

比较适合一个人吃饭的是日本餐厅的寿司吧台或是回转寿司，可是，一想到要穿好衣服离家，我就觉得郁闷。

我宁愿窝在家里。一个人可以吃得随意些，打开冰箱看看前一天有什么剩菜或是有什么可以生吃的，尽量使用烤箱和微波炉烹调，如非必要，决不开火煮食，以只需要洗最少的碗盘为原则。夜里一个人站在洗碗槽前面洗碗可不是一种享受。

要是家里刚好有几片帕尔玛火腿和半个哈密瓜，那真是太幸福了。不然，可以煮一碗汤面、做一个大虾沙拉，或者烤一只法国小

春鸡，然后开一小瓶不错的红酒。

一个人的晚饭，能够用手吃的东西尽量用手吃，不必拘泥仪态。我会放弃餐桌而选择沙发，盘腿坐在那儿一边吃一边看光盘。要是光盘全都看完了，电视节目又太难看，那就翻出旧的DVD。《犯罪心理》（Criminal Minds）绝对值得重看，用它来送饭挺深沉的。

一个人的午饭我会尽量吃得简单清淡，吃一根玉米或是一碗面条、几块饼干。到了晚上，一天将尽，眼看又老一天了，岂能不纵容一下自己？

一个人的晚饭，是自由的盛宴，也是品味孤独的时刻。

导向心脏的手指

♥

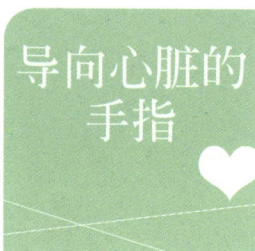

我们对自己每一根手指头的喜欢程度都不一样。

有人喜欢竖起拇指，但他不一定也喜欢拇指的形状。事实上，拇指的线条是十根手指头中最不漂亮的。

食指可以用来戳人，用来使唤人，或者用来骂人，但它不是手指头中最长的，不够出类拔萃。

中指本来不错，但是它有时会引起误会。

小指太小，不够力量。

女人最珍爱的，或许是无名指吧。

我们会把情人送的指环珍而重之地套在无名指上。

除了因为这只手指外形最美之外，或许还因为它的"内涵"。据说，古埃及人解剖人体时发现一条极纤细的神经，始于无名指，导向心脏。因为这个缘故，人们相信在无名指上套上指环是代表爱情。

每个恋爱中的女人都渴望得到情人送上的指环，它的意义跟项链或耳环，以至任何首饰都是不一样的，它是朝向内心深处的。

嫁不嫁给他是一回事，却想得到指环的礼赞。然后，我们用那一根导向心脏的手指勾住一个甜美的盟誓。

　　女人既爱指环，也恨指环。电影常常出现女主角含泪把负心人送的指环狠狠地扔进大海里去的经典场面，女观众看后通常久久不能忘怀。

　　女人大抵是天下间唯一会在一枚指环面前既脆弱而又坚决的一种生物。

人若能够耐得住寂寞，就能够少受许多痛苦和少出许多洋相。

许多人的痛苦，都是因为不甘寂寞。

那个男人不见得有什么好，你不甘寂寞，跟他一起，以为找个人陪陪你，反正你不爱他，不会有什么损失。渐渐地，你却爱上了他，偏偏他已经不爱你，让你吃尽苦头。不要恨他，恨只恨你自己当初不甘寂寞。

你本来不喜欢那个女人，可是你刚刚失恋，一个人很寂寞，而她对你痴心一片，于是，你接受了她。你从来没有爱过她，却和她生了第一个孩子，然后是第二个，你觉得痛苦，你已经不能丢下她和孩子。这是谁的错？是你不甘寂寞，结果制造了一个家庭出来。

寂寞会做错事。

你曾经很风光，风光过了，优优雅雅地低调过日子，人家会怀念你，可是，你耐不住寂寞，硬要再走到台前。时不我与，结果大出洋相。

你曾经是一个神话，时代过去了，你硬要出来跟人争一日之长

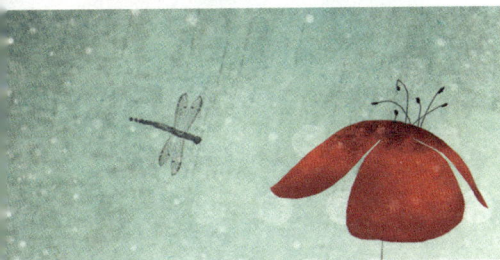

短，却不受新人尊敬，你觉得很痛苦，甚至怀疑自己。这都是因为不甘寂寞。

寂寞，原来也是一种尊严，自爱的其中一个功课，就是要学习在寂寞里自处。

你的肚子给我踩

早上起来，天气已经转凉了。

很久以前写过一篇文章，没想到还有读者记得。那篇文章说，男人是人肉暖炉，寒冬里，女人可以把冷冰冰的一双脚丫挤到男人暖洋洋的肚子上取暖。

这个时候，他当然会反抗，但只要你手脚并用，"坚持不懈""厚颜无耻""丧尽天良"地硬是不肯把你那一双冻僵了的脚缩回来，他很快就会停止挣扎，接受他的"宿命"。

要是一个男人连这样的温暖都不肯给你，他也就没资格睡在你身边。

曾经有一年冬天，一个女孩子告诉我，她的人肉暖炉离开她了。她哭得死去活来，不知道这个冬天怎么过。

我跟她说了什么？我不记得我是不是鼓励她买一只毛茸茸的小狗暂时为她温暖被窝。

男人的脚丫为什么就不会冷？

男人的肚子为什么总好像等待着身边女人那双虚弱的小脚？就

像他的大腿是给她坐的，他的胸膛是留给她把一张脸埋进去的。

当你爱着一个男人，为什么他的发肤、他的四肢、他的怀抱都好像只为你一个人打开？就像你的微笑只为他绽放。

你会踩住他的肚子而全然不觉得内疚。

你把夜晚的幸福建立在他肚腹上，在那儿留下你恶作剧的足印。

为什么即使我们伤痕累累还是会爱上一个人？

为什么明明觉得自己已经不需要爱情，也不再相信爱情了，到头来还是会死心眼地爱着一个人，好想跟他过一辈子？

是不是因为我们早已知道，我们没法把自己的一双脚丫挤到自己的肚子上去？

一个女人过着什么生活，就会有什么男人爱上她。

她过着放浪的生活，那么，爱上她的，也会是喜欢那种生活或是过着那种生活的人。

她过着多彩多姿的生活，那么，喜欢她的，也是热爱多彩多姿生活的男人。

她过着没有明天的生活，爱上她的人，也过着没有明天的生活。

她过着颓废的生活，会把颓废的男人都吸引过来。

她追求刺激，那么，追求她的男人，也是追求刺激生活的。

她认真地过活，爱上她的，也会是认真的男人。

她喜欢有目标的生活，没有人生目标的男人，哪敢追求她？

我们的生活，已经决定了我们的爱情，就好像一个人一路走来，沿途留下了记号的红丝带，那么，自然会有追逐这些红丝带而来的人。

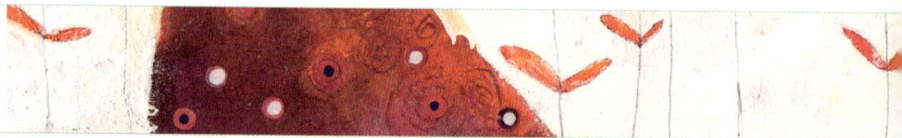

有些女人老是抱怨：

"为什么我喜欢的男人都在别人手里，没让我遇上？"

有些女人则看着别人的男朋友，心有不甘地想：

"我有什么比不上她？要是我有机会遇到这个男人，谁说他不会爱上我呢？"

她们都忘记了，当一个女人选择了一种生活的时候，就几乎已经选择了她将会遇到的男人和将要谈的爱情。

在那种生活以外乍然相逢的，都是惊喜。

原谅

许多人都问过我这个问题：

"背叛过我的恋人现在回来我身边，跟我一起，但我心里始终没法原谅他。我应该原谅他吗？"

你可以不原谅一个人，从此跟他再没有任何关系。

可是，为什么要继续跟他一起，心里却不原谅？那是折磨自己，也是折磨对方。

原谅，是我们这一生都要学习的功课。

假使你根本没有原谅他，只因为找不到比他好的，所以接受他回来。那样的人生多么可悲？

要是你深爱一个人，你只能够学习去原谅。不是为他所做的事找借口，也不是把责任推到第三者身上。原谅就是原谅。他伤害过你，但你还是爱他。你也知道，他终究是爱你的。

那么，要原谅他几次？

当再也不能原谅的那天来临，你是会知道的。

当你再也不想跟他一起，再也不爱他，连他的脸都不想再看到，也就不需要原谅。

我们不舍，是因为过去那些共同的回忆，是因为你始终是我最爱的人，是因为你曾经对我那样好。

但是，恩情会有用完的一天。爱情，也有耗尽的时候。

然后，我们之间，还剩下些什么可以用来原谅?

爱一个人，才可以原谅他。

不爱了，也就谈不上原谅，也谈不上恨。

思念，大部分时候也是一种折磨。

你很想跟他见面，好想让他抱抱，好想摸摸他的脸，拍拍他的肩膀，可是，这一切也只能在幻想中进行。

根本没时间，连见面都变成奢侈的事，你只能靠一根电话线和他沟通。

一根电话线又能做些什么呢？

他的声音是如此接近，就在你身边，他的身体却是那么遥远。

你很想告诉他："我很想你。"

但是说了又怎样？还是不可以见面。

挂掉话筒之后，思念又来折磨你了。脑海里总是想着他，静下来的时候，却又禁不住回忆以前的片段。一个人躺在床上，四肢完全不知道应该怎样做，无论怎样做，还是没法不去想他。

为了不使自己太痛苦，你只好努力地、一次又一次地把思念压抑下来，压抑到心底深处，连他也察觉不出来。

当你自以为已经很成功地把思念压抑下来，在你不留神的时候，它又来侵袭你。

　　你曾经以为，思念是甜的，因为世上有一个人值得你去思念。

然而，天长日久，思念原来是苦的，我们被骗了。

　　最苦的，是当你努力压抑了自己的思念，不让他担心，他却竟

然苦涩地问："为什么你好像一点也不想我？"

愛情終究是
經營不來的

那时候，你还不懂得 ♥

时间是个有趣的过程，你永远不知道它会怎样改变你。

比方说，曾经不喜欢的食物、不喜欢的酒、不喜欢的书和不喜欢的人，后来有一天，却喜欢上了。

我的一位朋友，死也不肯吃苦瓜，因为大家都说，苦瓜又名"半生瓜"，意思是，人在小时总嫌苦瓜很苦，当你活到某个年纪，你却会爱上它的苦和甘。

她不想认老，所以总是说："我还是受不了苦瓜的苦啊。"

我却早就爱上了我儿时不吃的苦瓜。

谁能抗拒白肉苦瓜的滋味？还有苦瓜鸡汤。每次到台湾，我都要喝这个汤。

我曾在博客里提到最近爱上了葡萄牙的波特酒，一位读者留言说，她很久以前喝过这个酒，当时觉得不好喝。不过，她同意，现在再喝也许会有不同的感觉。

曾经觉得不好喝的酒，或许是当时没有喝到好的年份，或许是那时候还不懂得它的好。它就像你买了回来，随手翻了几页，觉得不好看，搁在一边的一本书。

若干年后，你无意中再拿起来看，却惊为天人，恨自己当天错过了这么好的一本书。

而其实，你并没有错过。那就像两个人的相遇，没有早一步，也没有迟一步，于茫茫的天地间，于无涯的时光里，就是这一刻。

只是，相遇和相爱之前，我们都要经历一个过程。

时间也是觉醒。曾经解不开的奥秘，曾经想不通的事情，曾经不懂的心，后来有一天，也终于明白了。

比方说，年纪小的时候，我们向往的浪漫是拥有，拥有一个很爱我的人，拥有一段刻骨铭心的爱情。后来，我们渴望拥有更多，除了承诺和约定，还有一起追逐的梦想。后来的后来，我们希望所有美好的东西都能够永远拥有。

然后有一天，我们幡然醒悟，浪漫是能够舍弃。

只有能够舍弃的人，才是最浪漫的。

为什么从前没有这种智慧？为什么从前不了解浪漫？

别恨自己，那时候，你还不懂得。

比一公尺还要长的希望

夜里，翻看很多年前写的日记，其中一天，我抄下了这个句子：

"人有多悲观看他肯失去多少，人有几许希望看他要得到些什么。"

这句话，不知是在哪里看到的。当时为什么会抄下来，我已经不记得了。时隔多年，这两句话依然给我留下深刻的印象。

悲观的人常常感怀身世，认为自己拥有的太少。他们拥有的那么少，其实是因为他们从来不懂珍惜。不懂珍惜，才会失去。

一开始失去，失去的也会愈来愈多，先是斗志，然后是时间、梦想、快乐、朋友、幸福和希望。

绝境未必是绝境，当你无论如何也不肯失去，你才有机会得到。

这一刻，有什么是你最想得到的？你的答案排列起来，比一公尺还要长，那恭喜你，你是个充满希望的人。

若有人说你妄想，说你贪婪，不用理会他。在达到希望的过程里，你会愈来愈认清楚自己，知道哪些才是你最想得到的。

有了目标，便有希望。

失望沮丧的时候，不要忘记，你曾经许诺要得到些什么，你那比一公尺还要长的希望在等你实现。

女人的投资

好几年前，一个很会投资的朋友对我说：

"女人最好的投资，是投资在一个男人身上。"

他是钻石王老五，对我进尽忠言，可能是怕我年老孤苦。

可他自己呢，一直单身，没让女人投资在他身上，可见投资与感情并不一样。

你总会找到一样投资工具，但不一定找到一个值得投资的人。

无论是男人或者女人，最好的投资，是投资在自己身上。当然，这项投资要有眼光，暂时亏蚀不重要，长远来说，必须聪明绝顶。

投资在一个男人身上，到头来也许血本无归，但是，投资在自己身上，你永远不会后悔。要栽培，首先栽培自己吧。连自己都栽培不起来，哪有资格栽培别人？要做梦，先做自己的梦吧，不要陪别人做梦。

把整个人生当作一番事业，投资就是经营。好好经营自己，胜过依赖别人。你可以找合作的伙伴，但伙伴不是永远的，他也有自己的人生，有一天，大家或许要分道扬镳。

我们见过许多女人投资在男人身上，有的翻了几倍，赚了；有的赔了。投资的过程，也许是快乐的，只是，这份欢愉抵销不了自己赔上的时间和感情。

　　朋友的话，只对了一半。最好的投资，是投资在自己身上，剩下的，再投资在男人身上。但你要设法让他知道，这剩下的，是你的全部。

要遇上一个人，好像很困难，也好像很容易。　●　●　●

3
我爱过，
所以我活过

不会再遇上

女孩在外国留学，两年前她回来香港度假的时候认识了一个男孩子，她和他有很多甜蜜的回忆，只是，他后来爱上了另一个女孩子。虽然提出分手的是她，但伤得最深的也是她。

今年暑假，她又回来香港。不回来还好，重踏这片土地，她每天都渴望自己能在路上碰到他。只要远远看到一个长得好像他的人，她也会整个人呆住。看清楚不是他之后，她往往失望得没法形容。

直到她离开的那天，她还没有在路上碰见过他。她终于明白，她和他的缘分已经结束了。两个缘尽的人，是再也不会在路上重遇的。

当飞机离开香港赤鱲角机场，她告诉自己，要把这个人忘记。他不爱你，你多么爱他也是徒然的。

对她来说，没有再遇到他，也许是一种福气。

一旦再遇，她又得花一段时间才能够把他忘记。一旦再遇，她会以为她和他之间的缘分还未了，还有重聚的可能。

要遇上一个人，好像很困难，也好像很容易。当天能够相遇，是因为爱情召唤你们；今天没有遇上，是因为爱情已经消逝了。

爱情使人忘记时间，时间也使人忘记爱情 ♥

常常有人问我，怎样可以忘记一段感情。

方法永远只有一个：时间和新欢。

要是时间和新欢也不能让你忘记一段感情，原因只有一个：时间不够长，新欢不够好。

我曾经写过这句话："爱情使人忘记时间，时间也使人忘记爱情。"

你可以跟恋人一起浑然忘记时间的存在，只觉得相聚的时光飞快，分离的日子却漫长。

然而，时光荏苒，季节变换，后来的一天，你却忘了你曾经多么爱这个人，你曾经多么珍重他给你的爱。

时间是魔鬼，它消逝了一切，包括爱情和青春。

时间却也是上帝，它曾为每一段爱情停驻，留下了磨灭不掉的回忆。

我也写过这几句："天堂不在我头顶，而在我心中。我所享用过的爱，是我横渡时间的小舟，送我到那天堂之岸。"

我不要忘记一段刻骨的爱情。纵使分离，此后各有怀抱，但他终究曾是那个陪我横渡时间之河的人。他在我心中翻起过的波澜，永不会流逝。

最难消受

　　有一天，你从朋友口中听到那个人的名字，朋友以为你想知道他的事，于是絮絮地告诉你他的近况。你听着听着想起从前和他一起的美好时光。那时为什么会分手呢？到底是因为太年轻了？性格不合？还是因为时间不对？

　　隔着那么遥远的日子，再度听闻他的时候，往事重回心头，竟有一份淡淡的惆怅。

　　又或者有一天，在毫无准备之下，你在街上看见了他，他没看到你。于是，你可以站在远处静静地看着他的身影。

　　他还是一个人。

　　他已经爱上了别人么？

　　他结婚了吗？

　　他还是像你一样没忘记往事么？

　　他好像老了。想想看，原来跟他分开已经有那么长的一段日子了。

　　那时候为什么闹得没法不分手呢？

要是你当时不那么任性，你会珍惜他。

要是你们晚一点相识，也许就能够彼此迁就。

同他一起的日子，还是挺快乐的。

那天之后，没想到你又遇见他。这一次，他看到了你，两个人不自然地打招呼，说着问候的话，然后无话了。

并不是你现在不幸福，也并不是你后悔跟他分开了，有些东西是没法挽回的，有些人，过去了就没法重来。时间冲淡了往事，却留下了好像比原本更诗意的感觉。

美好的回忆最难消受。

枕边的细语

你曾否跟你爱的人玩过一个游戏？你问他：

"有一天，当我不在的时候，你最怀念和我一起做过的哪些事情？"

这个时候，你也问问自己，你怀念的又是哪些事情？

是一起吃饭的时光吗？还是某次的旅行？

他不在了，包括两个意思：他不在这个世界上了，或是他不在你身边了。也许是他不再爱你，也许是你不再爱他。

分手的时刻，难以忘怀的事情太多，从何说起？

或者，从头说起吧！我的意思是：从枕头说起，从枕边语说起。

我认识一个女孩，她跟相恋七年的男朋友分手后，仍然怀念他以前说的那些枕边语。那个时候，每次亲热之后，他总爱挠她的胳肢窝，跟她喃喃地说些琐碎话。那些无忧无虑，天地之间只有你和我的日子，曾是多么美好？即使许多年之后，她还是会微笑回想着那些枕边的细语。

你听过最感动的枕边语是哪一句？你又说过哪一些？

当我们不再睡在同一个枕头上，我们的枕边语却没有消失。无论你多么坏，你那一刻所说的话，都是甜的。

刚失恋的男人很气恼地说："我读过那么多书，为什么会失恋？不公平啊！"

失恋，跟你的学历有什么关系？

那天有人跟我提起一个我们都认识的女孩子，他怜惜地说："她人那么可爱，情路为什么会那样崎岖？"

那跟可爱有什么关系？

可爱就不会失恋吗？

一个女人长得可爱，长得漂亮，顶多确保会有多一些人爱她，却不保证她不会失恋。

一个聪明绝顶的人也一样会痴心，会暗恋一个不爱自己的人，为他做尽傻事，旁人的劝告，全都听不进去。

不管好人还是坏人，也会受情伤。

王侯将相、美丽的公主与王子，也有不爱他们的人。

爱情纵有多么不公平，也还是公平的。你为一个人流泪的时候，却也有另一个人为你流泪。你为一个人卑微的一刻，有没有想过也曾有另一个人为你卑微？我们探问无常的时候，早该知晓，当你爱上一个人，也就有失去的可能，也就有伤心的一天。

我爱过，所以我活过

爱的时候，我们也长大

许多年前，一个心碎的女孩写信给我，告诉我，她爱的那个男生不爱她了。他们是同学，虽然分手了，每天上学还是会见到对方。她没有办法避开他，每次看到他还是会觉得难受，他却好像已经忘了她，很快就跟另一个女同学交往。

她问我，她该怎么办？他是她的初恋，她放不下。我跟她说："他都不爱你了，你好好努力读书吧，没有比这更争气的事了。"

七年后的一天，我收到一封远方的电邮，是她写给我的。她告诉我，她就是七年前曾经写信给我的那个女孩。那时候，她是高中生，失恋的日子，是我叫她好好努力读书、叫她争气。她真的有很努力读书，拿了全校第一名，老师和同学都对她刮目相看。可是，那个男生并没有因此回到她身边。他还是不爱她。她终于明白，他是不爱她的。

后来，她到美国留学，以优异的成绩毕业，如今在异乡拥有一份自己喜欢又薪水优渥的工作，也有一个很好的男朋友。她告诉我，这是她七年前伤心欲绝的时候没想到的，谢谢我当时鼓励她。

她好奇地问我，为什么我当时会懂她？

我们不都是这样一路走来的吗？并不是我懂得更多，只是我多走了几步。

这一生，有些男人只是过程，却只有一个会是终点；有些男人让你长大，却只有一个会陪你终老。有些男人曾让你伤心，却不会永远让你伤心，他们留在你心里的，到头来只有那些依稀的往事与模糊的记忆，多少年过去了，你唯一记得的，只是当时的自己，而不是你当时爱恋的他。

曾几何时，你为一个人肝肠寸断，苦苦咬着牙爬起来，挥泪奔跑，却一边跑一边回头，看看他是否还在看着你。你多么希望他在看，你所有的奔跑都是为了他。然而，跑着跑着就这样跑远了，不再掉眼泪了，你突然就发现，他是否看到已经没关系，你都不在乎他了，你是为自己奔跑。后来的一天，当你回首，你也许会发现，这个你曾经撕心裂肺地爱过的男人已经追不上你了，他不过是落在后头的小得看不见的一颗黑点。

开始的时候，也许是为了另一个人而奔跑，是被迫的、无奈的，是不跑不行，然而，每一次的心碎、每一次挥泪奔跑，都让我们从幼狮蜕变。当你强大了，你才会遇到比你强大的；当你变好，你才配得起更好的。

我们不都是这样的一个跑手吗？只有当你愿意起跑，你才会知道真正适合你的原来不是你曾经爱过的那些，也不是你曾经牢牢抓住不肯放手的那一切。在你奔跑的时候，风景在变、你追逐的东西也在改变。每一条岔路、每一个山坡与低谷、每一场突如其来的暴风雨，都是锻炼，无论挥汗或是挥泪，爱的时候，我们也长大。

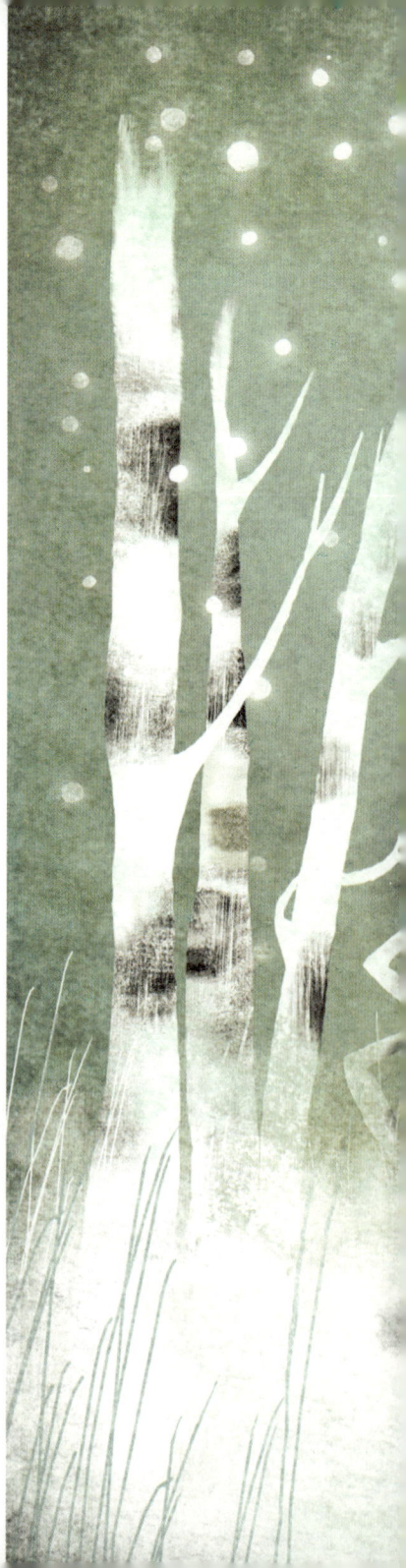

学着做一个高贵的人吧 ♥

　　你爱一个人，他不爱你。你鼓起勇气向他表白，他微笑说抱歉。那么，还要纠缠下去吗？还要死皮赖脸不肯走吗？这叫爱吗？还是叫强人所难？

　　你可以爱一个人，与人无尤。你就是爱他，这是你一个人的事。那请你静静的，不要喧哗，不要告诉对方你的单恋、你的痛楚、你的伟大。这没什么了不起的。天长日久，默默把这份爱藏在心底，这才是高贵的爱。

　　张张扬扬地表白你的爱，对方都已经说了不要，你还是不走，拼命想法子说服对方接受你、给你机会，要他知道你的爱就是这么激烈、这么感人，他不爱你是他的损失。这不等于别人已经说了不要你的礼物，你偏偏要塞到别人手里吗？

　　因爱之名，所做的行为却已经构成骚扰。这样的爱不是爱，只是自私的占有。多少悲剧由此而生？女人遇上这样的男人或是男人遇上这样的女人，真的是八辈子倒霉。他们如影随形，如同鬼魅，终有一天，这份一厢情愿的痴会逐渐变成恨，恨那个人不知道他的好，恨他害她受苦。

对不起，我都说了不要，我对你再也没有任何责任了。若是爱，请你把这份爱埋在心里，学着做一个高贵的人吧。那我会由衷地尊敬你、感谢你对我的好和你对我的情意。没能爱上你，是我的遗憾。

那一点点已经不重要了 ♥

　　年少时候，大部分人都分不清喜欢和爱。我到底是喜欢这个人还是爱他呢？喜欢和爱有什么分别？不喜欢他，根本不会爱他。

　　后来，我们渐渐学会分别喜欢和爱，喜欢就是喜欢看到他，喜欢跟他一起，喜欢跟他谈天说地。但是，喜欢和爱之间，还是有一段距离的。喜欢一个人，你不一定想跟他睡觉，也不一定会想他，更不会想跟他有将来。爱比喜欢激烈得多。有时候，我们觉得某某很好，偏偏就是差一点点，为什么我喜欢他却不爱他？就是差了那一点点。

　　喜欢一个人，是不会有痛苦的。爱一个人，也许有绵长的痛

苦，但他给我的快乐，也是世上最大的快乐。

这个时候，我们以为自己很清楚什么是喜欢，什么是爱。可是，当年纪再大些，我们发觉自己又再一次分不清喜欢和爱。

从前，你会选择你爱的人而不是你喜欢的人，即使找不到你爱的人，你也不肯屈就。

一个人年纪大了，对人也宽容了，喜欢一个人的时候，你除了喜欢亲近他之外，也会关心他，为他付出，你甚至想跟他睡觉。这到底是爱还是喜欢？虽然还是差了一点点，但那一点点已经不重要了。

林中的小屋

你渴望在森林里有一间小屋吗？每个人也曾渴望过拥有自己的林中小屋，或许在山上，或许在河边，或许在美丽的田间。有了小屋，就是有了一个可以安歇的地方，不需要再流浪，也不再孤独，从此以后，可以和自己喜欢的人一起生活。

只是，每个人渴望林中小屋的年纪也会不一样。

林中小屋与人生其他事情，都是时间的问题。

有的人热爱自由，喜欢到处飞翔，他只需要一棵树，从来不希冀林中小屋。

有的人追寻一幢属于自己的林中小屋，直到一天，终于找到了，他却突然发现自己需要的原来不是这些。他再也不知道自己是谁了。多年来和另一个人共同生活之后，他失去了自由，也失去了自我，极度渴望孤独，想要拥有属于自己的一片天地。从前的一切，不再是他今天想追求的。

要离开那幢林中的小屋，毕竟满怀害怕；离不开，却又会窒息。爱情到了一个临界点，是自我的追寻。我们冒着失去爱情的危险去追逐一个新世界，到头来，也许一无所获。

有时候，我们不禁缅怀那段生活在林中小屋的日子。我们千辛万苦寻到了心中的梦想，何以又想离开？

我们常常将爱情等同了希望、期待和承诺，还有那微小的幸福。年纪渐长，才惊觉可以浪掷的青春已经所余无几。林中的小屋，既是囚牢，却也曾是一片温柔的天地。

当有人问："爱是成全还是拥有？"

我们或许都会回答说："当然是成全。"

人总是把自己说得比原本善良和伟大些。

要成全，是不容易的，对一个人的成全，意味着另一个人的牺牲。

有外遇的丈夫回家跟太太说："我愿意把我所有的钱都给你，请你成全我，跟我离婚吧。"

这样的成全，根本是没得选择的。本来对他还有一点希望，他竟然用"成全"两字来要求分手，那么，也没法不成全了。

　　我们不拥有任何东西，甚至自己的躯壳，也是暂借的。因为不拥有什么，所以才会那样渴望拥有另一个人。成全，便是要放弃全部或一部分。

　　我太爱你了，只好成全你，成全你去找自己的生活，或者去爱另一个人。我成全你离开我的怀抱，你去吧，不用挂念我。

　　这样的成全，是因为我懂你，我太了解你，太知道你的心意。这个就是我所爱的你，有什么好说的呢?

　　因为爱，所以懂得，然后说服自己对你慈悲，再用慈悲去成全爱。成全是这样的。

　　欠了别人的人情，总有一天是要还的吧？天底下没有免费午餐，只是，人有时会一厢情愿，或者心存侥幸，天真过了头，以为大大小小的人情债没有需要偿还的一天。

　　你欠的人情有多大，你要还的人情也就有多大。

　　我不喜欢欠人家人情。深情我欠得起，人情倒是我欠不起的，要欠我宁愿欠感情的债。

　　世上有那么多的人，谁要你偏偏爱上我？如果是命中注定，这笔债倒不是我欠你，说不定是你前世欠了我呢。前世你是我放生的白狐，今世你在我脚边厮磨，难得今生可以再见到我，来向我报恩，你该感谢我为你圆梦才是啊。

　　就算不相信前世今生，爱情又何曾公平？

　　有些女人埋怨男人耗掉她的青春，话不能这么说，男人的青春也是青春，保养得不好的男人例外。

　　爱情永远没法衡量谁赚了谁又亏了，两个人为什么要恨恨地数伤口，然后说："我有六十二个伤口，但你只有五十七个！"相爱

的那个过程，你也是享受过的吧？

有一天，缘尽了，不要去计算谁欠了谁。都是自愿的，凭什么说"如果不是你，我会比现在幸福，会比现在过得好"这些苦涩而没意义的话？如果不是我，你也有可能是一片空白。

江湖再见的那日，别问是缘还是债。情本来就是债，只是，我们往往要等到情尽的那天才恍然。

有几句话是女人最爱说的，像下面这几句：

"你讨厌我！"

"你根本不喜欢我！"

"你不关心我！"

"你一点都不在乎我！"

"你不爱我！"

我们说了那么多的"不"，心里却知道这些都不是真的。

然而，明知道不是真的，我们却还是会说出口，心湖还是会起伏，泪水还是会禁不住在眼眶里打转。

说这些自己都不相信的话，只是想确定，你是在乎我的。

直到一天，我突然明白，能够跟你这么说，原来是一种幸福。

当我感到你真的讨厌我，不关心我，不喜欢我，不在乎我，不爱我，我根本不会说出口。

为什么要说呢？离开好了。

能够对你没做的事抱怨一下，是被你爱着的特权。

听你急着辩护，没好气地说："我怎会不关心你？我为什么要讨厌你？"等于是诱骗你对我说几句真心的情话。你果然上了我的当。

　　女人有时候就是会言不由衷。

　　能够对你言不由衷的时候，就让我任性地挥霍一下吧，就乖乖地做一尾上钩的鱼儿陪我玩吧。谁又会想由衷地对自己爱恋着的那个人说：

　　"你不爱我了。"

　　有天你不爱我，我再也不会说这种傻话。

最愚蠢的爱

某些故事，你以为只会在电影里出现，原来，现实里也有这种人。

收到一个女人的来信，她拥有财富和事业，但是，十多年前离婚的她，一直对男人恨之入骨。她丈夫见异思迁，因此，她认为所有男人都是见异思迁的。她妒忌拥有幸福家庭的女人，也讨厌所谓的恩爱夫妻，这些年来，只要知道哪个男人拥有幸福家庭，她便会找机会结识他，然后勾引他。发生关系之后，她既不需要他负责任，也不需要他的钱，她只是要证明所有男人都是受不住诱惑的。

当这些男人爱上她，为她抛弃妻子，她便会把他们踢开，让他们知道被自己喜欢的人抛弃的滋味。她会找这些男人的妻子，把她和她们丈夫的事告诉她们，让她们知道，男人都是负心的。她说，她要为天下间那些被丈夫抛弃的女人出一口乌气。

她问我，她是不是很变态。

我不觉得她变态，我只觉得她可怜。可怜，因为她从没有真心爱过别人，她自己也承认自己空虚和寂寞。可怜，因为除了报复之外，她什么也不懂。

　　被她玩弄的男人，可能会得到妻子的原谅，而她自己，却只会孤独终老。报复并不聪明，这几乎是一种最愚蠢的爱。

自己的骗子

"世界上所有男人都是骗子，所有女人都会受骗，不同的是，幸福的女人找到了一个大骗子，会骗她一辈子。不幸的女人找到了一个小骗子，会骗她一阵子。昨天在网络上看到的，小娴你说世界上是大骗子多还是小骗子多？"

首先，这么说对男人太不公平了。世上不是只有男骗子，也有很多女骗子。被骗财的男人多如恒河沙数，被骗色的男人好像不多。而男人被骗色，应该也不好意思说出来。到底有没有被女人骗财骗色的男人我不知道，要是一个男人有财又有色，女人大概是爱他也来不及，哪里会想骗他？

女人会被骗，男人何尝不是？只是，被骗的时候，大家都以为那是爱情。

两个人能够厮守一辈子，那便是永远，别再问什么是永远。同样的，要是被骗了一辈子，那便不是骗。有些事情你永远不知道，那能说是骗吗？

我们只能相信自己所看到的，我们只能相信时间。

当我看《小团圆》看得晕头转向的时候，我也不得不慨叹，精明如张爱玲，不也曾爱上骗子吗？

你问，世界上是大骗子多还是小骗子多？

我们都是自己的骗子，是自己的小骗子，也是自己的大骗子。

人不都是很会骗自己的吗？自欺也许是为了自我保护。快乐的骗子骗自己一辈子，然后就连自己也相信了自己。感伤的骗子每次骗自己一阵子，内心却清醒得很，终究还是骗不了自己。

在爱情里，也许我愿做一个小小的骗子，骗骗我爱的那个人，让他这个糊涂鬼相信我是很好、很可爱、很温柔、很弱小、很需要他保护的，然后，我也骗骗自己，相信我所爱和爱我的那个人是我今生最好的礼物，我再也不欠什么了。

当你觉得对方对你有好感时，其实是你对他有好感，当你觉得对方讨厌你时，其实是你讨厌他。这种反射作用，常常会发生。

我们喜欢接近那些对我们有好感的人。我们为什么认为对方对我们有好感，甚至喜欢我们呢？那是因为我们喜欢他。

初次见面的时候，我们跟某人一见如故，回家以后，我们在想："这个人好像也有点喜欢我哩！"事实上，是我们春心荡漾，喜欢上对方。

喜欢和爱，也是反射作用。爱上不爱自己的人，毕竟是比较少数的，感受不到爱，却仍然去付出爱，可以说是傻，也可以说是伟大。

当我们不喜欢某人的时候，我们会骄傲地说："头一回见面的时候，我已经不喜欢他。"也许，这只是一个自我保护的方法，心里觉得对方不喜欢自己时，我们先下手为强。

对方不是跟我投契的类型，他好像更看不起我，那么，我们会反过来说："我根本看不起他，讨厌呢！"

我们常常不明白自己为什么无缘无故喜欢或是憎恨一个人，也许，那并不是没有原因的，我们喜欢或憎恨对方，也是反射作用。你看到什么，你自己便是什么。爱和恨，也作如是观。

有情吃泥饱

加西亚·马尔克斯《百年孤独》里的丽贝卡是个为爱情吃泥的女人，当她爱上阿尔卡蒂奥，她贪婪地吃起泥土和墙上的石灰，拼命地吸吮手指头，以至大拇指上吮出一个老茧。

连泥土也肯吃，尊严当然更不重要。

那天，一个女人说，她仍然在等待她男朋友回心转意。

那个晚上，她在家里，他忽然跟她说：

"你是否觉得我的床太挤了？"

他言下之意是想她离开，她装作不知道，还说："是吗？我不觉得。"

他索性告诉她："这张床真是太挤了，我想一个人睡。"

她只好哭着收拾包袱离开。

他当然不是觉得那张床太挤，他只是想和另一个女人睡。

离开他的家以后，她还是缠着他，希望他回到她身边，她跟他说："无论你有多少个女人也不重要，我只要做你其中一个女人。"但他还是不要她，为了尊严，她走了。

九个月来，她依然天天惦念着他，他偶尔打一通电话给她，她便乐上半天，可是，他的电话却不再打来了。

　　我说："你不觉得一个以床太挤作为分手借口的男人没什么承担吗？他不会是个好男人，你该爱惜自己的尊严，不要再找他。"

　　谁知她说："我以前也是这样想，但是等了九个月，我觉得尊严也不是那么重要。"

　　行了，她可以去吃泥了。

不用再等我

当你问一个人"你爱不爱我"或者"你爱我还是爱她"的时候，他说："你给我一点时间吧。"那么，他其实已经把答案告诉了你。

一个女孩说，男人说这个星期之内会打电话给她，今天已是最后期限，他没有找她。他本来答应了要把自己的决定告诉她。他要在她和旧女朋友之间做一个抉择。

她说："他没打电话来，是不是代表他已经选择了她？"

这个女孩子太傻了。当他一星期前说"给我一星期时间，让我想想吧"的时候，他已经选择了另一个女人。他想要一点时间，只

是他无法说出"分手"这两个字罢了。

你爱一个人的话，怎会有期限？你怎么可能说："这个星期天我会找你，到时候我会给你答案。"你不爱一个人，才会这样拖延时间。

无论那句话怎样说，无论他说"过几天我会找你"还是"你等我电话吧"，意思都是一样的。他明知道当他说出了限期，你会忧心地一天一天等他，你会疯狂地思念他，而他仍然要你等。他舍得让你等待和饱受煎熬，那么，他就等于说："你不用再等我。"

我会打电话给你

如果可以选择，我希望每次都是我跟对方说："我会打电话给你。"而不是由他来说这句话。

说"我会打电话给你"的人，永远握有主动权，他可以找你，也可以不找你。他喜欢什么时候找你都可以，你只能乖乖地等他，由他主宰你。

为什么要由他说"我会打电话给你"？因为你比较爱他，在乎他？因为他不是自由的，不方便随时接听你的电话？

男人说："我会打电话给你。"那个时候，你好想追问："你什么时候会打电话给我？"但是这样就显得你在乎了，于是你只好微笑点头，满不在乎地没有追问下去。

分手的时候，男人说："我会打电话给你。"这个时候，你顾不了尊严，低声下气地问他："你什么时候会打电话给我？"他没有给你一个明确的日期，只是说："我会找你。"他走了之后，没有再打电话来。他是不会再找你的了，首先说再见的那个人，可以潇洒地说：

"我会打电话给你。"

留下的那一个，只能寂寞地坐在电话机旁边，守候又守候。如果可以选择，你宁愿由你来说："我会打电话给你。"

负心和记性

负心也许是和记性有关的。

一个人负心，或许是因为他的记忆力不好。

他变心的时候，女人伤心地问他：

"你忘了你当天多么爱我吗？"

"你忘了我们一起曾经多么快乐吗？"

"你忘了我们经历过多少困难才终于可以走在一起吗？为什么你忘了？"

是的，他忘了。他忘记了，所以他能够负心，而不是因为他负心，所以他忘记了。

以前的事，他没有完全忘记，但他记忆力太糟了，往事已经不再深刻，很快就被新的记忆取代，只记得新人的欢笑，忘记旧人的笑脸。

大部分负心人的记性都是差劲的。要是他的记性好，记得情人为他付出的一切，记得当天多么甜蜜，他又如何能够忍心背弃她？

要做一个无情的人，首先不能有太好的记性，正如要做一个无义的人，也不能太记得别人的恩惠。

记性不好，也就全然没有负担，往事缥缥缈缈，好像过眼烟云，恩恩爱爱，已是明日黄花，早就不记得了，记住来干什么?

记性太好，有时候是一种负担。容易忘记往事的人，是幸福的。

写过许多暗恋的故事，于是，常常有读者问我：

"你有没有暗恋过别人？"

浮不上面的爱太傻太苦了，我不会这么自虐。

假如两者都有痛苦，那么，我宁愿再苦一点，也要两相情愿的苦，不要一厢情愿的苦。

也许我自私，我不要一个人苦。

我只爱爱我的人，因为我不懂怎样去爱一个不爱我的人。

我不是已经这样写过了吗？爱一个人是很卑微很卑微的，假使对方不爱你的话。

我不介意卑微，但我要在伟大的事物面前卑微，而不是在没有应答的爱情面前卑微。

要感动一个爱你的人，只需要一串眼泪、一声软语、一个深情的怀抱和一次小小的惊喜。

要感动一个不爱你的人，却是千古艰难。

真是的，何事苦勾留？

那么想要得到一个人的爱，只因为你得不到，此时此刻，你看到的一切都是美好的。

曾经深深爱着的那个人

常常有读者问我记不记得所有我写过的故事。怎么说呢？就像往事，也像故人，有些我记得，有些我没记得那么鲜活了。

人老了，记忆也会随之老去，蓦然回首，你也许会惆怅又迷糊地问自己："我是那样爱过一个人吗？"然后你知道，那样痴心的爱，再也不复还了。

感情有时是依靠着回忆来滋养的。记得当初那么幸福甜蜜，爱得那样死去活来，所以才会拖延着一段已经不再幸福的关系，骗自己说："会变好的。"只是，回忆也有耗尽的一天。就像我的小说《再见野鼬鼠》故事里的邱欢儿，爱着青梅竹马的区晓觉，不愿意承认他已经变了，已经不再爱她了。

爱着一个不爱你的人，是很卑微、很卑微的。含笑饮毒酒，也得为一个值得的人。他值得的话，那壶酒虽然很烈很苦，喝下去却也是甜的。他不值得，那壶酒便是劣酒，只有笨蛋才会含笑灌下去。

但是，一个人要卑微到什么程度才终于看到自己的卑微？又要

耗尽多少回忆才会发现手上已经没剩多少回忆可以用了？
到底要卑微到什么境地才肯清醒？又要耗掉多少回忆才肯
放手？

　　曾经深深爱着的那个人，俨然是熟土旧地，宛若故乡
的一片山河，浩瀚尘世，普天之下，你只晓得这个地方，
全然看不到它早已经成了荒芜。直到一天，终于死心了，
幽幽地转过身去，才发现背后一直也有另一片山河。于
是，所有的卑微都终结了，即使那壶酒是甜的，以后也不
见得会为任何人含笑饮毒酒。我们从来就没有自己以为的
那么深情。

"请你再给我几个月时间，不要太快放弃我。"

听到这句话，你以为是一个小职员向上司求情，请求上司不要辞退他，又或者是一个运动员向教练求情。两样都错了，这是一个女人向男朋友求情。

他提出分手，说大家合不来，她哀求他暂时不要放弃她，可他终于还是放弃了她。

她好不容易熬过那段日子，现在跟另一个男人过着安稳的生活，可是，她总是说："虽然我们当年分开了，但是我知道他会一辈子怀念我。"

她凭什么认为那个男人会一辈子怀念她？

那就是我和你也有的，愚蠢而天真的自恋。

我们总以为自己会在旧情人的回忆里占据着一个位置，即使那段情十分短暂甚至不堪回首，又或者那个人对我们不好，若干年后，我们还是会相信自己在对方的生命里是有点与众不同的。

我们不一定怀念他，但是他有时候一定会怀念我，他永远不可能把我忘掉。

我们能够狠心放弃一个情人，我们永远不能狠下心肠放弃的，是对自己的恭维。

我爱过，所以我活过

早失恋早好

突然发现，失恋好像是离我很远的事了。

就像成名要趁早，失恋也要趁早。是早失的早好。早失的恋，可以趁着还有大把青春的时候再恋爱，或者不停地再失恋。直到一天，当你有些年纪了，失不起恋了，只有恋或不恋，已经无所谓失恋。

失恋、失身和失意，假如必须选择其中一样，你会怎么选？挺难选的吧？也许，你终归还是会选择失恋。失恋原来并不是最坏的啊！

当然了，早失恋不一定能够再找到新的恋爱，失恋后，也许一直遇不上喜欢的。假如真的是这样，也还是早失恋的早好，难道四十岁才初恋，然后四十五岁失恋吗？那真的是要了老命啊！

可不可以不失恋？可以是可以，不恋爱就可以不失恋。

每一次恋爱，也有一半机会成功，一半机会失败。我是个悲观的人，总觉得是失败的那一半机会比较多。两个截然不同的人走在一起，如何能够走到地老天荒？太不容易了。直到一天，失过恋

了，吃过苦了，遇到另一个人，终于明白缘分也是要珍惜的，再也不会像从前那样浪掷青春，也终于知道怎样去迁就和包容一个爱你的人。那么，失恋的机会也就相对少一些。

假如终归还是孤单一个人，那也不算是失恋，那只是人生。如此而已。

不爱你就是不爱你 ♥

　　我们习惯为一些事情寻找背后的原因，当我们遇到一个拥有高贵情操的人，我们会去研究他为什么会有这么高贵的情操，然后推论他是受到童年经历的影响、他特别善良、他为了补偿自己的过失、他透过对别人的好来控制别人等等。

　　为什么他不可以毫无理由地拥有高贵的情操？他就是那么善良的一个人，他就是愿意舍己为人，他就是见义勇为，就是那么正直。他生下来就是一个好人，正如有的变态杀人犯生下来就有变态的倾向，不是社会和家庭的错。

　　为什么我们不可以接受别人拥有高贵的情操，而偏要为他的情操想一些不高贵的理由？人根本不是很有动机的，许多时候，我们是等到事后才为自己所做的事下一个注脚、给一个解释，觉得当时也许是因为这个原因而做。

　　凡事真的都有原因吗？我爱你，根本没有原因。不是因为你像我或者因为你刚好与我相反，不是一种心理补偿，不是你拥有什么优点、什么条件，也不是因为你怎样对我。

所以，不要问我为什么爱你，如果我能够回答，那些原因也不过是我在事后才想到的。

我不爱你，也没有原因，不一定是你有什么不好或者你做错了什么。我觉得自己不爱你，就是不爱你，如果有理由，也是我用来说服自己的。

赢的最高境界

没有人喜欢输，假使毫无胜算，我们才不会做某件事。爱情也不例外。我们爱一个人的时候，是相信自己和他会有将来，即使那个将来很渺茫，毕竟还是有机会。

爱情的赢输不是在于结果。纵使分手了，我们拥有美好的回忆，那就是赢。即使往事不堪回首，我们有过那样的经历，长大了，以后学乖了，这也是赢。

每个人都喜欢赢，可是，赢要赢到什么地步？

他最爱的人是你，他对你好，对你忠心，他现在跟你一起，那你为什么认为一定要结婚才够完美呢？有的女人说：

"他不跟我结婚，是不够爱我。他更爱自己的自由。"

他这么爱你，你已经赢了。赢到这个地步还不够吗？你若要赢到最后一步，只会失去他。

有的女人很贪婪，一个男人爱她，她便觉得自己可以控制他。他交什么朋友、每天见过哪些人、银行户头里有多少钱、心里想些什么，她也要过问。他对父母太好，对前妻和儿女太好，她也不高

兴。她已经得到最多的爱，她还要赢到什么地步？难道要赢到别人反感的地步？

　　赢到对方心服口服，才是赢的最高境界。

情人无话

恋人之间，往往拥有最多的情话、最多的肉麻话、最多的无聊话，也拥有最多的废话与无话。

没有了情话和那些唯有当事人不觉得肉麻的肉麻话，成不了恋人，也成不了甜蜜的恋人。

两个人常常在一起，自然会说很多无聊话。幸福就是有一个人陪你无聊，难得的是你们两个都不觉得这样很无聊。没有这样的无聊，也成不了细水长流的恋人。

曾经认识一个女人，漂亮的她谈过很多段轰轰烈烈的恋爱，比电影情节和小说更曲折。那年我们见面，她身边没有伴，她跟我说着已成过去的那段哀伤的恋情时，突然说：

"真想找个男人，两个人一起去做些无聊透顶的事，比方说，跑去海滩捡贝壳，或者捡一大堆蛤蜊回家煮了吃。"

也许，听完之后，你会说："在海滩捡贝壳和蛤蜊不无聊啊。"

那得看你是什么年纪。在她那个年纪，跟她的人生经历比较，算是挺无聊的了。

然而，当失去的时候，我们怀念的，往往也包括那些无聊的时光。唯有那曾经的无聊，让你相信你是跟他一起生活过。

至于废话，我们不都说过吗？

夜晚打电话找他，听到他的声音，第一句跟他说的话是："你在啊？"或者是"你没出去吗？""你在家里喔？"他当然在，否则怎么接你的电话？那个明明是他家里的号码，他还能在哪里？

接着，你幽幽地说："是我。"

他还会认不出你的声音吗？

长夜漫漫，苦苦思量，终于拿起电话打给他，结果还是只能用那些熟悉的废话作为开场白。谁又想说废话？只是不知道跟他说什么，也没法坦白说："我只想听听你的声音。""我很想你。""你是不是不会再找我了？"有些话太卑微，有些话，一说出来，泪水便会决堤。

更多的时候，是电话里的沉默。已经是危如累卵的爱情，两个人再也找不到话题，想说的话说不出口，也不肯说，唯有无言。即使见面，也只有无语的空白。

曾经拥有那么多的情话，那么多的肉麻话和无聊话的两个人，为什么到最后却成了两个人的默言相对？

不是所有爱情都能够化为深情，却唯有深情，成不了眷属，便成荒凉。

旧情人与老人

　　长大和老去意味着什么？是不是人在失去了一些青春之后才终于明白性格是不会彻底改变的，唯有时间与际遇会改变我们生活在世间的方式和我们对许多事情的看法？

　　譬如说，我以前总觉得不可以跟旧情人做朋友。为什么还要做朋友啊？尤其是阴魂不散，老是像投胎不成的冤鬼般缠住你，不肯接受现实的旧情人。

　　那些在一起时对你不好的，也没有跟他做朋友的必要，你只想他永远不要过得比你好。

　　然而，许多年后，我渐渐明白，有些旧情人不能做朋友，另一些却可以。有些旧情人，可以做情人，不适合做朋友；另一些旧情人，不适合做情人，却可以做朋友。

　　大部分人都无法跟旧情人做朋友，只是因为能做朋友的旧情人太稀有了，更别说做好朋友。

　　两个人分手的当儿，是不可能做好朋友的。"我们以后还是朋友"这些陈腔滥调，只是让自己和对方觉得好过些，当真的话，只

会换来失望。然而，伤痛过后，有缘再见，余音未尽，你会发现，你跟这个人说不定可以做一辈子的好朋友。

也许，你们前世已经做够了一对幸福的恋人，早就把今生再厮守的缘分透支，留给这一世的缘分，不多不少，仅仅够你们做一对曾经相爱的好朋友。

恋爱往往使一个大人变回小孩子，每一次的分手，却逼着我们学习做一个大人。有一天，当我们能够跟曾经深爱的旧情人成为肝胆相照的好朋友，也许，我们已经是个老人了。

我爱过，所以我活过 ♡

有人说，人没有爱也可以活着。

那当然了。

没有爱，没有鲜花，没有书，没有画，没有音乐，没有电影，没有嗜好，没有朋友，没有宠物，没有香水，没有酒，没有咖啡，没有梦想，没有愿望，没有一两件想得到的东西，没有坏习惯，没有思念和喜欢的人，没有遗憾，甚至没有希望，人还是可以活着的。

然而，是这些微小的东西建构了我们活着的幸福和感伤。是有一些东西，大于生命。

要活着，只需要温饱。

可是，有爱的活着，终究是幸福许多的。

我们想得到的，我们追逐的，我们爱上和喜欢的东西，不全是好的。

我们流的眼泪，不一定都是值得的。

我们都没有自己以为的那么聪明。

我爱和爱我的人，还有我自己，也都不是那么好。

然而，有可以浪掷的东西，也有很想珍惜的人，有追寻，也有坠落，醉过一场，也清醒地看过人间色相，人生才不是空中鸟迹，飞过不留痕。

到了离去的那一天，我可以微笑着说"我爱过，所以我活过"，而不是"我生存过"。

我不介意我不爱的人爱上我，但是，我只会爱一个爱我的人。 ● ● ●

4
心中的答案

留一片夜色

每个人青春年少的时候，也许都有过一个阶段，觉得这个世界上没有人了解自己。

我们憧憬着将来会遇到一个人，他爱我，他也很了解我。

然而，后来的后来，我们不了解一个人，还是会爱他。正如我们不了解自己，也还是会恨自己。有一天，我们没那么年少了，我们终于发现，无论是生活的伴侣，还是灵魂的伴侣，也不可能完全了解彼此。

人在内心最隐密之处，到底埋藏了多少秘密，是即使最亲密的人也不知道的？

为什么要渴望被人了解呢？这种想法多傻啊？根本我们都不是那么了解自己。

这一生，我们总是用很多方法去了解自己：星座、占卜算命、紫微斗数、生命密码、生日花、塔罗牌、九型人格、心理学，以至宗教和爱情。

到头来，我们又了解自己多少？

要了解一个人，才可以爱他。这种想法是不是应该留给青春年

少的日子？

当你再老一些，你甚至不希望任何人了解你，好像已经没有这个必要了。

我们为何要深入去探究自身最亲近也最遥远的一片内陆？

我们又为何坚持去探究自己爱着的那个人所有的一切？

原来，当你了解自己多一些，你反而会愿意不去了解你爱的那个人多一些。这是你青春年少的时候没法想象的。那些日子，我们总以为，爱情就是把两个人紧紧地捆绑在一起。当你爱我，你就要了解我。

这样的结果却是：当你了解我，你就不爱我了。

当我们不再青春，不再年少，我们才终于愿意丢开那个了解的包袱。你可以爱一个人，而不必完全了解他，你只需要是最了解他的那个人。

你可以不完全了解一个人，却还是爱他爱得一塌糊涂。

把你没能了解的那一部分，悄悄留给他，那就是你用爱留给他的一片夜色。那也是你对人生和对自己的了解。

　　所有事情，是不是在行将失去或是已经失去的时候，我们才会发现它的好，才会觉得万般不舍？

　　那些一起走过的日子，那些甜蜜和酸涩的时光，那些笑声和眼泪，那双牵过的手，亲吻和拥抱，耳鬓厮磨，两个人之间絮絮叨叨的家常话与绵绵情话，一次又一次的吵嘴与事后的和好，当时只道是寻常，直到一天，无奈要割舍，或是知道必须要割舍，我们幡然醒悟，曾经以为的寻常往事，如许细碎，却也不会重来。

　　于是，我们禁不住责备自己，当拥有的时候，为什么不好好珍惜？

　　然而，所有事情，是不是只要珍惜便不会失去？抑或，曾经倾心付出，曾经珍惜，也就可以无所悔恨地抹一把眼泪，告诉自己，向前走吧，别再回头了。

　　当我们缅怀逝去的爱情，恍然明白，那些寻常往事，是生命中最绮丽的波澜，所有的深情，原来是由许多细碎的时光一一串成的，就像一串亮着迷蒙微光的小灯泡，静静地俯伏在脚边，照亮着我们彼此相依相伴的身影。当时只道是寻常，直到一天，灯火已阑珊，我们才发现，那些寻常日子是多么美好的祝福。

有人问："要是你爱上一个不爱你的人，那怎么办？"

我回答说："我不会爱上一个不爱我的人。"

对方很诧异："你怎么可能说得这么坚决呢？"

我不是说得坚决，我是的确没做过这种事。我为什么要爱一个不爱我的人？

对方追问下去："可是，很多女人都受这种苦。你看来很理性呢。是吗？"

我一点也不觉得我的答案有什么奇怪。对我而言，这种想法自然不过。

他不爱我，我为什么要爱他？

这不是理性与否的问题，也许，这是个人风格吧。有人喜欢吃辣，有人不；有人喜欢抽烟，有人不；有人喜欢跳舞，有人不。不吃辣就是不能吃辣，不抽烟不是害怕肺癌，只是因为不喜欢，甚至从没想过要去抽一根；不喜欢跳舞，只是觉得自己没有跳舞的细胞。

爱情是一支双人舞，我不介意两个人都跳得不好，但我很介意只有我一个人在跳，另一个人一直只是站在旁边看。

　　暗恋也许有重见天日的一刻，对方终于被你感动。可是，爱一个从一开始就不喜欢你的人，未免太浪费青春了。我的青春可以为爱情浪掷，却不会为一个不爱我的人浪掷。

　　我不介意我不爱的人爱上我，但是，我只会爱一个爱我的人。爱情有时候会让人感到孤单。然而，一厢情愿却是一种最难熬，也最不堪的孤单。

后悔有什么不好

有的人总爱说："我做事从来不会后悔。"

听起来很豪气，他们真的是从不后悔吗？

我们去超级市场买错了没用的东西回家也会后悔，何况更大的事情？那些说自己从不后悔的人只是知道后悔是没用的。

已经做了决定，何必去想另一个决定会不会更好？反正已经不能回头。

我们老觉得后悔是弱者的表现，所以很多人要逞强，说自己永不后悔。人为什么不可以后悔？后悔并不是弱者所为。

懂得后悔，才不会犯同样的错误。那么，下一次也许会做得更好。与其强迫自己不后悔，不如从后悔中学习。

后悔、悔恨、愧疚，统统不是问题，但是后悔的时间必须要短。无止境地后悔和悔恨，那的确是弱者所为。为一件事情后悔十年，不如用一个月时间后悔，然后用剩下的九年零十一个月的时间改变。

我后悔爱过这个人，所以我以后不会这么笨。

我后悔做了这些傻事，我以后不会这样。

我后悔说了这些话，我以后会想清楚才说。

后悔有什么不好呢？强迫自己不去后悔，也许只会一直错下去，直到泥足深陷。那时你会后悔自己当初不肯后悔。

心中的答案

错过了的时刻

许多年前，我认识的一个男孩子读完了我的一篇散文之后，跑来跟我说："我现在终于明白她是怎么想的了。"

那篇散文的题目好像是"良辰美景虚设"，说的不过是女孩子的一些心事。

她那天烫了头发，穿了一身新买的衣服，觉得自己的状态特别好，看上去特别容光焕发。于是，她很想让男朋友看看她这么漂亮的样子，想象跟他见面的时候，他会眼睛一亮，赞美她说："你今天很好看！"

可是，她男朋友那天没法跟她见面。第二天见面的时候，他根本没看出她跟平时有什么不一样，也不明白她昨天为什么那么急着想要见他，非要他放下工作出来见她不可。

她心里很失望，嘴里却没说。

既然他看不出她的心事，说出来又有什么意思？

她郁闷地走在他身边，一句话也不说，恨他错过了这般良辰美景。

男孩有点落寞地说：

"怪不得她生我的气。原来她想我看看她那天有多漂亮，我却不知道她心里想什么，只是觉得她有点烦。"

这两个人，后来还是分开了。

分手的原因，也许并不全是他错过了许多可以让她觉得甜蜜和幸福的时刻，也不是他吝啬过对她的赞美。然而，那些错过了的时刻，也永远没法补回来，成了遗憾。

我们不都有过这样大大小小的遗憾吗？

一切事物，包括感情，都有它最好的时机。

某年某天某一刻，你很想对他说：

"我爱你。"

只是，他脸上的神情仿佛没有准备好会听到这句话，一瞬间，你把话吞回去了。

以后的以后，你再也没有说这句话的冲动。

这句话，也有可能是："你会跟我结婚吗？"

说出口的话，像出笼的鸟儿，收不回来。没说的话，却在心底悄然消逝。

某年某天，有那么一刻，你很想他知道，你心里难受，你好想伏在他肩膀上痛哭一场，把你所有的不快乐告诉他，听他说一些安慰的话。然而，他没有问，脸上甚至露出不耐烦的神情。

就在那一刻，说到唇边的话消逝了。

他后来再问，你已经不那么想说了。

以后的以后，那个想说的时刻也许会重来，也许不会。

不能舍弃的东西

你舍弃一些东西，便会得到另外一些东西，你不去束缚一个男人，他反而乖乖留在你身边。你舍弃一些自大，也许会得到关心。然而，有些东西是不能舍弃的，譬如为了爱情而舍弃自尊，为了要一个男人内疚而舍弃自己的生命。

女人为了爱情舍弃事业和梦想，常常会让男人感动。男人为了爱情而舍弃事业和梦想，却往往会令女人失望。

男人可以为一个女人舍弃无谓的应酬、舍弃一些自由、舍弃一点点面子、舍弃坏习惯……但他不能舍弃事业和梦想。

没有梦想的男人，一点也不可爱。

他每天风尘仆仆谋生不紧要，最紧要他心里还有梦想，为了追求女人而放弃自己的梦想，这种男人是女人不愿意看到的。嫁给一个没有梦想的男人，好比嫁给一块石头，早晚会给他闷死。

女人很矛盾，她会埋怨男人专注事业而不关心她，然而，男人整天陪着她而无心工作的话，她又会嫌他没出息。她希望他事业有成又对她呵护备至，这不是奢望吗？只能选择其一的话，大部分女

人还是希望男人专注事业的。对工作专注的男人，才能够给她安全感。男人为梦想而舍弃爱情，总胜过为爱情而舍弃梦想。

心中的答案

♥

　　一段爱情是不是可以开花结果，到底是缘分还是努力？其实我心中早已经有答案。

　　没有缘分，怎么努力还是不成。要是缘分注定了两个人谁也离不开谁，那么，想要分开也不行。

　　要努力才能够守住的一段关系，也太累人了吧？何况，努力不见得就能够留住一个人。爱要消逝的时候，千军万马也拦不住。

　　当你爱一个人，你只需要拿出一点点努力。那份努力有若行云流水，不着痕迹。你不觉得自己在迁就他，不觉得你为了他苦苦改变自己，也不觉得你为他舍弃了些什么。他爱你，他为你做什么都愿意，都不苦。你做什么他都觉得可爱，连别人看不到的优点，他都看得到。他就是那么爱你。

　　直到一天，他没那么爱你了，你好像也不爱他了，曾经以为可以厮守到老，无奈只是擦肩而过，惆怅回首。爱情的消逝，也是了无痕迹。

　　仍需努力，是为了让自己问心无愧。我努力过了，可惜我们的缘分比我们的生命短暂。

芸芸众生，跟你有着厮守终生的缘分的，只能是世上其中一个人，其他的，唯有黯然下台。然而，今生厮守，注定我俩谁也离不开谁的这种缘分，到底是幸福的，还是也夹杂着泪水，苦乐参半？我没有答案。

我心
自有明月

有的人会用一生去守候一个人。

于是，有人问：

"你用一生去守候一个人，也无非是希望他最终会选择你吧？如果没有终成眷属的盼望，又怎会用青春去守候？"

他错了。守候的本身，便是爱情，不需要任何的结果。终成眷属，当然最好；成不了眷属，也无悔一生的守候。

守候，是对爱情的奉献。

我愿意为你守候，不管你将来会不会离我而去。

真心的守候，不需要"守得云开"。看不到天际的明月，那又有什么关系？我心自有明月，我们将以另一种形式长相厮守。

你说："你不要等我。"

我等你，是我自己的事。

守候的日子，是很难熬的，但你给我的快乐，远远胜过那些痛苦和孤单的岁月。守候的甜蜜，是你不会了解的。所以，你说："你太傻了。"

　　我不傻。当你不爱我时，我不会守候，我永远不会守候一段已经消逝了的爱情。是你的爱让我守候到如今，一切尘世的喜乐皆比不上。守候，既是奉献，也是收获。

我们都是风筝

我在西安的大学演讲时，读者问得最多的，是关于等待。

大学里的恋人，毕业后，为了生活和美好的前途，其中一方选择离乡背井，跟心爱的人分开。有好多年的时间，两个人一年只能见一次或是几次，那么，留下的那个人，到底要不要等？

等还是不等，我没法告诉你。我说不要等了，你舍得吗？我说你等吧，你等不到，会怪我吗？

后来有一天，我问陪我到西安的内地编辑，这些异地恋通常可以开花结果吗？

答案跟我心里想的一样。她说："最后多半是会分开的。"

要等一个人，从来不容易，何况，他根本不在你身边。分开的那一刻，说不尽的千言万语，流不完的眼泪，说好了要一直守候。但是，人一走了，就是放了出去的风筝，那根线是那样地轻，太难抓紧了。

青春年少的恋爱，即使天天黏在一起，也还是有太多的变数，何况见不到面？

思念就跟爱情一样，是会耗尽的。头一个星期，我很想你。第二个星期，我更想你。又一个星期过去了，我想你想得很苦，恨不

得马上奔跑到你身边。然而，到了第四个星期，我发现我没那么想你了。不是不爱你，而是我知道，这样的想念是没有归途的。日复一日，我再怎么想你，还是见不着你，摸不到你，只是用思念来苦苦折磨自己。我得过自己的生活。

多么傻啊？曾经以为，离开的那个人，是飞远了的风筝，然后有一天，仰头看着天空的一刹那，突然明白，留下来的，对于离开了的那个人来说，又何尝不是一只高飞的风筝？

你问，这么说，你是说不要等吗？

我说过我没法告诉你。

曾经那样相信爱情，曾经那样痴心地等待一个人，终究是属于青春的。有些人最后等到了，有些人等不到，或是不等了。

从前，我会说，等待是一份守候，需要彼此的忠贞。而今，我会说，等待的过程里，两个人改变了多少，有没有跟别的人一起过，都不重要了，最好不要去计较，也不要知道。给你等到了，他就是你的。百转千回，还是选择回到你身边的，就是想跟你过日子。

爱过一个男人，他柔情蜜意地跟我说：

"其实，我给了你很多自由。"

那一刻，我只好微笑提醒他：

"我的自由是我的，用不着你来给我。"

在爱中，人们常常渴望他人为了你的自由而甘心情愿奉上自己的自由。对自由的放弃，意味着对爱情的忠贞。

我们因为爱上一个不自由的人而伤心遗憾，可是，当我们爱上一个自由的人时，却渴望他放弃自由之身。

爱情是多么地独裁？我们想拥有的是对方的自由。他的版图，唯我独尊。

爱得天崩地裂的时候，我们甘愿成为情人手上被饲养的小鸟或是被驯服的豹，也希望对方如此。然后有一天，我们开始怀念在天空中飞翔和在林间跳跃的日子。

我们甘愿舍弃自己的自由，常常只能维持一段很短暂的时光。地久天长的爱，不是用誓言来为对方系上手铐，而是用信任把他

释放。

你和我都知道，爱情里并没有绝对的自由。行动自由，心里牵挂着所爱的人，默默信守彼此的承诺，天涯海角，总是思念着他，被他占据着，这岂是全然的自由？

何谓自由？

年少的时候，自由带点任性，后来，我们用自由来兑换爱情。你是我的，你的自由也是我的。

然后，有一天，我们猛然醒觉，自由是内心的安静。我可以心安理得去做想做的事。我是自由的，没有背弃你，也没有背弃我自己。我是天上的鸟，你是林中的豹，各有自己的一张版图，只是我们刚巧相爱。

世上的另一个我 ♥

　　矢泽爱的漫画《NANA——世上的另一个我》改编成同名的电影，比原著漫画好看。故事说的是两个同是二十岁，同是叫NANA，性格却迥异的女孩，如何成为好朋友。

　　我们不一定那么幸运，在世上找到另一个自己。然而，恋人却往往如同一面镜子，只要不是短暂勾留的，都反映了我们自己的某些特质，那是世上的另一个我。

　　你为什么会一往情深地爱上一个某天乍然相逢的人？即使你们的外表和个性看来毫不相似，日子久了，你终于发现，他有另一面多么像你。

　　要不是他，你不会发现自己的这一面。

　　这也许不是你喜欢的一面，你把它藏得很深。直到一天，你竟然在恋人身上看到了这一面。他那些行为多么像是你会做的，只是你一直不太察觉自己是这样的。

　　原来，你爱上的那个人，是失落了的另一个自己。他拥有那些你没有的优点，也拥有你的缺点。

爱一个人，往往让我们认识自己。

你是什么人便会爱上什么人，他就是你最赤裸的品味，起码，在你爱他的那段日子是这样。

一天，你长大了，改变了，他却没有改变，你发觉他不若从前那么像你了，他只是过去的你。

然后，你遇上了另一个人，爱上之后，你惊觉他有一部分也是那么像你。原来，世上至少有几个你。长相厮守的那个，不一定最像你，而是来得正是时候。

吃鱼的伴儿

　　我爱吃鱼，已经到了无鱼不欢的程度，不管是深海泥鳅、七日鲜、红斑、海鲈鱼、红鳟鱼、鲅鳓鱼、比目鱼或是罐头沙丁鱼和豆豉鲮鱼，我都爱吃。日本生鱼片更不用说了，他们的烤鱼也精彩，每年六到八月，最好吃的是烤鲇鱼，又名香鱼。九月到翌年三月，还有更好吃的一种鱼，来自北海道，叫喜知次。

　　吃鱼，得找个伴儿。一条蒸鱼，最好吃的是鱼头和鱼尾，那么，谁来吃其余的部分呢？当然是陪你吃鱼的那个人。你吃鱼脸颊和鱼下巴吃得滋滋有味的时候，是他乖乖吃没那么嫩滑的鱼身。

　　吃寿司时，两片同样的寿司总不会一样漂亮，你吃看起来比较漂亮、比较肥美的那一片，剩下来的那一片，自然又属于陪你吃鱼的那个伴儿。

　　要是一条好吃的鱼偏偏多骨，替你挑鱼骨的，或者教你怎么挑鱼骨的，当然也是陪你吃鱼的那个人。

　　万一有一条鱼，像北海道的喜知次，从头到尾都好吃，那么，谁会牺牲自己让你多吃一点呢？除了陪你吃鱼的那个人，还会有谁？

一条蒸鱼吃到最后，就数黏在鱼骨上的肉最好吃了，那么，谁会体贴地把那些鱼肉刮下来夹到你的碟子里，让你拌着饭吃？你已经猜到是谁了。

　　一个男人肯陪你吃鱼、看你吃鱼，也让你吃鱼吃到这么自私和骄纵的程度，他无疑是你最好的伴儿了。

须眉知己

作为女性，如果你的朋友大部分是男人，你也许应该觉得高兴，这证明你的样子不会难看到哪里去。男人宁愿跟一个丑男做朋友，也不要跟一个丑女做朋友。女人这么麻烦、唠叨、挑剔、善妒、刻薄、好奇、善变、多愁善感、蛮不讲理、有恃无恐，如果她不是有一点姿色，有哪个男人愿意让她负累？有哪个男人愿意花时间听她说心事？

男人好色自是不用多言。跟漂亮的女人做朋友，即使明知道做不成恋人，男人也觉得温香软玉。女人向他倾吐，证明他有智慧，可以替她们分析形势，也可以替她们解决难题，即使什么也做不到，还能安慰她们。女人喜欢跟他们来往，证明他们正气、有安全感、值得信任，他们是女人最忠实的朋友。

在这些被同性排斥的女人面前，男人可以发挥他的温柔，这份温柔连他的情人也不见得能够享用。他们比女人了解男人，他们绝对可以胜任女人的爱情顾问，把男人的想法告诉她，引导她从男人的立场看事情，跟她说："我们男人是这样的……"

一个男人，会成为一个女人的须眉知己，必然是对她存有一点幻想、一份怜惜，甚至爱情。而女人，最好在知道与不知道之间。

谁笑到最后 ♥

　　我起步比别人早，那一年，刚刚考完大学入学试，一天，无意中在报纸上看到电视台招聘编剧的广告，于是大着胆子写信去应征，压根儿就没想过会得到面试的机会。同年六月，当其他同学还在放暑假，我已经在广播道无线电视上班了。到了十月，我正式开始了三年半工半读的生活。

　　说是"半工半读"，其实我是全职学生，也是全职编剧，还兼职写电台短剧、电影剧本和台湾电视剧。大学毕业前的一年，我已经拿着写台湾电视剧赚回来的钱付房子的首期。

　　不过，假使可以从头来过，我会宁愿专心读书，然后专心工作。那时候的我，忙于工作和赚钱，常常逃课，三年的大专生活，几乎没留下任何美好的回忆。

　　比起上学，我更喜欢上班。在学校，我没有几个谈得来的同学。在电视台里，我倒有很多朋友。我很少在学校饭堂出现，嫌那里的食物难吃，比同学会赚钱的我通常在广播道的餐厅出没。当年，那儿有一家很著名的粥面店，一个寒冬的夜晚，我跟一位副导演朋友和剧组的人在店里吃饭，跟我们一块儿的还有一位女演员。

漂亮大方的她当时已经很红，但完全没架子，看到年纪最小又害羞的我，她不断给我夹菜，让我留下难忘的印象。然而，几年后，年轻的她却因病逝世了。我们也只吃过那么一顿饭。

我起步比别人早，但我不敢说我赢了，人生是一场长途赛，要看看谁笑到最后。我中学时有一个要好的同学，她因为爸爸过身而被迫辍学，中六还没念完便要出来工作。一天晚上，我跟她在电话里聊天，那时，我已经一边读书一边在电视台上班。我记得，她说着说着突然哗啦哗啦地哭起来，喘着大气跟我说："为什么你这么幸运？你好幸运啊！"虽然我当时没说过什么，但是，看着她因为我的际遇而悲伤，我是又难过又尴尬。

然而，几年后，她终于储够了钱，考上师范学院，念她一直喜欢的美术系。如今，她已经是一位中学教师，也拥有自己的家庭。

她起步比我晚，走的路也比我崎岖，但她还是完成了自己的梦想。比起那位曾经细心为我夹菜的女演员，比起那些早逝的生命，我们是多么地幸运，因为我们还可以选择，我们也有机会后来居上。

心中的答案

靠自己，也靠男人 ♥

　　很多现代女性提倡女人应该依靠自己，不该依靠男人。依靠男人有什么不好呢？有一个男人可以依靠，是一件很幸福的事。

　　我赞成女人要依靠自己，但是如果她想依靠男人，也不是什么罪大恶极的事。最好的生活方式，就是我喜欢依靠自己的时候就依靠自己，我喜欢依靠男人的时候就依靠男人。

　　我会用自己的钱创业，我不需要你的钱，但是万一创业失败，我希望你会养我。

　　我会努力工作，花自己的薪水，不用你来养我。但是有一天，当我讨厌我的工作，当我不想再上班，我希望你会暂时照顾我。

　　我有自己的理想和目标，纵使多么困难，也不用你暗中帮忙。但是如果我累了，我希望你会温柔地对我说："你可以依靠我。"当我疲倦和迷惘的时候，我绝对需要你的忠告和支持。

　　你不用照顾我的家人，但是当我疲倦的时候，我希望你会说："你的家人就是我的家人。"

　　我又被人骗了，已经不是第一次。虽然你很生气地骂我："什

么都说要依靠自己，不用我理你，结果就弄成这样。"但是，说完这句话之后，我希望你会替我收拾残局。

当我知道有一个男人让我可以随时依靠，我会更努力地依靠我自己。

什么是青春？

一个十六岁的男孩子问我，什么是青春？

这个问题多傻啊！他现在拥有的不就是青春吗？

青春是胆子既大，胆子也小。

你会大着胆子谈一段没有结果的爱情，爱一个所有人都认为你不该爱的人。

你却又没有胆量向你喜欢的人表白，只敢躲在远处卑微地暗恋他。

你会大着胆子开快车，日后回首当时，才庆幸自己没有死掉。

你却又没有胆量拦住你暗恋的那个女孩子，不让她坐上另一个男人的跑车。你只能寒碜地杵在那儿，眼巴巴看着那辆名贵跑车载走了你的梦中情人。

你会大着胆子背起书包，跟好朋友浪迹天涯，不知道什么是危险。

你却始终没有胆量告诉身边那个好朋友，你一直喜欢她。你压根儿就不相信男人和女人可以成为知己。你是为了跟她成为恋人才接近她。这样的你虽然很差劲，不过，她那么迷人，你怎舍得只跟她做朋友？

青春是身影既高大，身影也渺小。

年纪比你老大的人都告诉你，你手上拥有一大把可以浪掷的青春，于是，你骄傲地认为三十岁已经很老，到了四十岁真的不该再活下去。你会残忍地对一个想追求你的男人说：

"你差一点就老得可以当我爸爸了。"

然而，青春也是你的弱点。谁会想知道你的看法?

你拥有吹弹得破的皮肤和没有赘肉的身体，却没有金钱和权力。这两样东西，通常也不会跟青春痘一起到来。

太老了

一个男人向我摇头叹息："唉，她还以为自己是万人迷，向我施展浑身解数，要我入股她那家公司。她的确是万人迷，不过，那是二十年前的事。"

"那你怎么做？"我问他。

"敷衍一下她啊！你到了她那个年纪，可不要那么没有自知之明。"他笑说。

女人的悲哀，是到了应该把自己收起来的时候，依然要站到台前。即使是大美人，顶多也只有二十年风光。岁月不饶人，好好珍惜那二十年，不妨有风驶尽帆，凭美貌拿好处，二十年过去之后，便要退下来，再不肯退下来，会成为笑柄。

我见过一个六十多岁的过气美人向一个四十岁的男人撒娇，当然没成功。要是她选择去迷惑一个比她年纪大的男人，倒还算聪明，可是，许多女人，到了一把年纪，还企图去迷惑比她年轻的男人。

　　每个女人都会老，一个女人看到另一个女人被人取笑老，不免有"他朝君体也相同"的感慨，笑不出来。

　　一个十八岁的女孩子说："三十岁太老了。"一个三十岁的女人说："五十岁太老了。"女人到了什么年纪才算太老啊？应该这样说——每当她企图去迷惑一个比她年轻很多的男人，她便太老了。

它的烂漫，
或是它的
凋零 ♥

　　我从来不相信"心境青春人就青春"这一套。一个老人的内心再怎么青春，终究还是个老人。一个年轻人的内心再怎么早熟怎么苍老，他始终年轻。

　　说"心境青春人就青春"，只是用来骗自己。一个不再年轻的人可以打扮青春，甚至得天独厚，外貌比真实年龄看上去年轻得多，但是，他的岁数毕竟并不年轻。一个少女，也许打扮老成，喜欢用大人的口吻说话。但她心底还是个少女，改变不了。

　　为什么老是要证明自己青春或者拼命抓住青春的尾巴？青春没那么好啊。要是青春真的有那么好，那时你为什么总是容易忧郁？为什么你会比现在愚蠢？为什么你总是有很多的不满？总是觉得没人懂你？总是觉得没有自由？总是觉得别人看扁你？那时候，你喜欢的人，总是爱着另一个你不怎么看得起的人。那时候，你总是死死地爱着一个现在看来毫不值得的人。

　　要是青春真的有那么可爱，你那时候为什么没有聪明到好好珍惜它？

人就是这么赖皮，要等到手上已经没有青春了，肉体也不青春了，才说青春是一种心境。那些年轻的人才不会认同你。

　　我从来没有觉得青春很好，也没有觉得老了有什么好。花开花谢，它的烂漫，或是它的凋零，只是一个过程。

曾经有没有一段爱情，让你在听到"明天"或是"明年"这些字眼的时候，心里觉得很难过？

他微笑说："今年不送你圣诞礼物了，明年圣诞再送吧，我会给你一个惊喜。"

不知道为什么，你听到"明年圣诞"这四个字，忽然有点心酸。明年圣诞，你们还会在一起吗？

他说："我好想和你去欧洲旅行，明年七月的时候去好吗？"

你微笑点头，可是，你们有明年吗？知道他想和你去旅行，你已经满足了，去不去，也不重要。

他说："我明天找你吃饭好吗？"

明天，你要跟另一个男人吃饭，商量结婚的事。

他说："下星期我们去看电影。"

下星期，就是六个明天。六个明天以后的事，谁敢说不会变？

明日是天涯。

当你或他不是对方生命里的唯一，明日或是明年，都变成了天涯。

当你或他不是对方生命里的唯一，别问什么是永恒，永恒太短暂。

夭折的爱情

我曾经这样跟自己说：当你失恋的时候，地球上至少有千千百百的人跟你一样，也在失恋。

当你重又变成孤单一个人，在寂寞的长夜里苦苦思念着那个不再爱你的人，这个世界上也有许多人像你，在同一个夜里，流着泪，被思念折磨。

人为什么会失恋?

当成千上万颗精子勇猛地游向子宫时，只有最强壮的那一颗能够跟卵子结合。

当一个胚胎在母体里夭折，没有机会出生，是因为那个胚胎不够完美，也不够强壮。

大自然一再证明达尔文的"进化论"，物竞天择，适者生存。

我们也是大自然的一部分。

你失恋，不是因为你不好，不是因为你长得不可爱，人不够聪明，也不是你做错了什么。我们见过很多伴侣，互相撕咬，既爱且恨，也还是地久天长。

这段爱情早夭，是因为它不完美，没法茁壮，或者说，它没法在你的子宫里，在你的生命里茁壮，于是，它只能够离开你的人生。这是天择的结果。

一天，当你回首，你会发现，所有你爱过却没能长相厮守的男孩和女孩，所有曾经甜蜜，后来却流产的爱情，对你来说都是不完美的。

直到一天，当你遇到一个人，不管你有再多的缺点，他还是爱你，无论他有多么可恨，你终究爱着他，纵使你们都曾被对方伤得伤痕累累，也还是没能分开。

你终于明白，你们是彼此的宿主。

爱竞天择，适者生存。

早夭的，只是证明，他不是你的天长地久。那么，可不可以流一把眼泪，醉了一双泪眼，跟自己说，是大自然替你做了这个必然的抉择。

他其实不适合你，只是你现在还不明白，也不愿意承认。

想做而还没有做的事 ♥

内地的一群中学生来访问我，他们问我说：

"你有什么特别想做的事，但是还没有做？"

我很想去欧洲一个小岛过一个悠长的假期，也许三十天，也许三个月，租一幢位于海边的房子，在附近找一个很会做菜的厨娘，负责做饭。我每天只是吃和睡，什么也不做，懒懒散散地过日子。

过这种日子，还要有一个旅伴负责安排行程，负责看地图，陪我到处去玩，陪我吃饭，陪我看日落，陪我疯，和我一起无聊，也和我一起静静地看书。

那样的时光多美好。但是为什么还没有做呢？我自己也没法回答。也许是有很多工作放不下吧。

我记得很久很久以前，一个朋友告诉我，当他在远方一个美丽的小岛度假时，他跟自己说，回去之后，不会再那么营营役役了，要过些悠闲日子。可是，当他回来之后，他又像从前一样忙碌。

我们都知道，一些我们对自己的承诺，并不一定会做得到。我们也许不是那么向往悠闲的生活，只是偶尔想逃跑，想相信自己是

可以很潇洒的。

这群中学生又问我：

"你心里有秘密会告诉别人吗？"

这也是我特别想做，但是还没有做的事。

有些心事，就是无法说与人听，宁愿让它埋在心里渐渐变成酒，自己干一杯。

心事的房子

曾经在电台主持晚间节目，每个晚上都听到不少心事，有些记得，有些忘记了。有一次倒是很难忘，那天的题目是"我爱你"，我请来的一位嘉宾微笑着说，年少的时候，有一个男孩子对她说："我爱你！"她哭了，不是因为感动，而是因为伤感，她很难过自己只能有这么一个糟糕的男孩子说"我爱你"。

我们当时都笑了。原来，不管爱情的火焰在心中烧得多么旺，"我爱你"这样的心事还是不能随便说的。

我是个不习惯说心事的人。我的心事要不写在文章里，要不只跟最亲爱和最信任的人说。我很幸运，有几个愿意听我心事，听我发牢骚和听我说故事的人，也有肯让我在电话那头尽情大哭一场的朋友。我说心事的对象都是活生生的，不会是我的玩具熊或是我的枕头。听我心事的都会用言语或者臂弯安慰我，而不会是只能用身体跟我厮磨的一只小狗。

可以说心事的对象，却也会随着年月改变。十七岁的时候，是这几个。二十岁的时候，换了另外两个人。二十四岁的时候，也许

只剩下一个。一个人的心事总是愈来愈多，能够倾诉心事的对象却只会愈来愈少，直到一天，人把心事统统都藏在心里，那是世上最安全的地方，禁得起友情的考验，也熬得过爱情的多变。然后，我们突然了悟："心事为什么要告诉人呢？"

心事原来也可以沉淀。如许心事，渐渐会化为傻气的泪水，化为酒后脸上的微红，甚至化作一种深度。试问又有哪一个有点智慧的人是没有心事的？心事是一个人那幢虽然残破却舍不得放弃的房子。

夜晚的一张脸

我们白天认识的人，夜晚说不定有另外一个样子。

那个白天看来很乖、很静，有点害羞的女同事，到了晚上一起唱卡拉OK时，大家才发现她原来很能喝，一喝了酒，就会变得滔滔不绝，连作风也变得豪放，到处拉着人陪她跳贴面舞，甚至还一脸沧桑地抽起烟来。

那个白天看起来无忧无虑，很爱笑的女同事，到了晚上跟大家一起泡酒吧时，也许会显得愁肠百结，坐在一角，一杯酒一杯酒灌下肚子里，喝醉了，哗啦哗啦地哭起来。大家这时才知道，原来她失恋了。

那个平时很少对人说心事，好像没什么喜怒哀乐的女同事，到了夜晚，看着别人唱卡拉OK时，也许会静静地告诉你她的爱情故事，而且，内容还很震撼。

那个平时在公司里不受欢迎，大家背地里都说她很狡猾的女同事，晚上在酒吧喝了几杯马天尼或是血色玛莉之后，也许会楚楚可怜地向你倾诉，告诉你，她其实不是大家以为的那样，她也有她的委屈。

那个白天很少说话，看来很谦虚的男同事，一到夜晚，在酒吧喝了两杯之后，也许会口出狂言，告诉你们，他看不起你们所有人，论聪明才智，你们没有一个人比得上他。

那个白天一本正经，老老实实的男同事，入夜之后，三杯到肚，竟然现出一副色眯眯的样子……

原来，生活在这个小小的都市里，许多人也有两张脸，白天那张脸是给别人看的，夜晚那张脸是给自己看的。一张脸笑，一张脸哭。

床是归乡

说出来有点大吉利市，我喜欢医院那种可以调节角度和高度的电动床。睡在这种床上，坐起来看电视和吃东西都很方便。

不过，等我老了，大概会有很多机会睡这种床，现在大可先睡睡别的床。

小时候，我梦想有一张老夫子的床。《老夫子》漫画里，老夫子的床是藏在墙里的，一拉出来就成了一张床，很好玩。我见过这种床，那是在一个同学的家里，她姐姐的床就是这样，平常不碍地方。

床是愈大愈好，人睡在上面，可以随意地翻来覆去。一次，一个男人听到我这么说时，歪嘴偷笑。我知道他想些什么，只觉得他心太邪了。两个人才可以在床上翻来覆去，一个人就不可以吗？

床是一个人在家里最窝心的角落。心情好的时候，我们也许会暂时忘记它。然而，心情沮丧的时候，我们一回到家里，会以九点九秒的速度奔向那张床。

失恋或者苦苦思念一个人的时候，我们瘫在床上，睡着又醒

来，醒了又再睡，这会儿睡到左边，过一会儿睡到床尾，不停地换姿势，换来换去，只想换一个不再想他的姿势。

伤心的时候，我们死翘翘地蜷缩在床上，抱着枕头哭得死去活来，翻几个身，哭干了眼泪，泪眼模糊地睡着了，醒来又再哭。要是没有床，怎可以哭得这么舒服？

床是一个人的小世界。大世界在外面，枕席之间的小世界，才是每天的归乡。

出门旅行，我是不拍照的。

即使异国的风光多美，当时享受过就好了，何必要记下来？又何必忙着找个好位置，反而忘了欣赏那一刻的风景？

我有些朋友却跟我相反。他们带着数码相机到处去，每游一个地方，都拍下许多许多照片，然后回家再整理，制成一本电子相簿，自己欣赏，又电邮给朋友欣赏。

"这些照片，你几年后还会拿出来再看吗？"有一回，我问一个爱拍照的朋友。她答不上来。

"那拍来干嘛？"我问。

"也许有一天会看的。"她回答。

我不看以前的照片。看以前的照片，只会看到自己老了。干吗要发现自己老了呢？有些事情，还是不要回首的好。

"去旅行不拍照，会忘记去过哪里，也会忘记那个地方多美的呀！"我的朋友又说。

那又何必一定要记得？

那么容易就会忘记，只证明了那趟旅行和那片风景并非很难忘。

　　不管我去过哪个地方，要记住的，自然会记住，忘了的就是不重要。

　　风景是风，是水，当我看到一片风景，那片风景也吹拂过我的日子，流过我的生命，它愉悦了我，我也在它那儿留下了足迹。有没有留下凭证，已经不重要了。重要的是，最美好的风景和最爱恋的旅伴，都陪我走过那一段天涯路。

人有几张脸

我们常常会听到一句话：

"他对甲是一张脸，对乙又是另一张脸！"

这句话不免有点贬义。

但是，人有几张脸不是自然不过的事吗？

难道我们会把对父母摆的那张臭脸拿去对着热恋的情人吗？

我们又会不会拿着对情人那张风情万种的脸去对一个刚相识的朋友？

对上司的脸也不会用来对下属。

对老师的脸不会用来对同学。

对仇人的脸也不会用来对喜欢的人。

即使是面对朋友，也许还是会依据友情的深浅而换上不一样的脸。有些朋友，你可以对他说出真心话，知道他会明白你是为了他好，也知道他不会因此生气。但是有些朋友，你明知道他好强，你说话时会比较懂得迁就他。

人对上司和对下属有两张脸，因为一个是他付薪水给你，另一个是你付薪水给他，总得有个界线。

对情人和朋友也当然是两张脸，否则，你的朋友们恐怕都会吃不消，说你太甜腻太温柔，认不出你来。

问问你自己，你有几张脸？

一个人不止一张脸，也许是两张，三张，十三张……只要每一张都是真的，都可爱，不虚假，不造作，那就无所谓了。不虚假也许不是每个人都做得到，那么，只好尽人事了。但是，至少要有一张脸，是你自己也觉得可爱的吧？

你是
梦里星河

那天，一个朋友突然对我说："我发现，你喜欢很文静的男人。"

我心里轰然一响，为什么我自己从不知道？

我喜欢的是很有男子气概的男人，当然不是粗犷那一类，我对"肉球"没什么兴趣。我喜欢穿黑、蓝、灰或卡其色的男人。我喜欢戴近视眼镜的男人。我喜欢有智慧、有情义而又有幽默感的男人。我喜欢英雄。我喜欢柔情的男人。我喜欢皮肤白皙的男人。我喜欢强壮的男人。我喜欢细心和体贴的男人。我喜欢老实的男人。我喜欢可以依靠的男人。

我喜欢的男人，是以上加起来的总和。

我从没想过"文静"这两个字。

"文静"听起来有点女性化，卡尔·荣格说，男人的潜意识中有一个"安尼玛"，而女人则有一个"安尼姆斯"。"安尼玛"是女性，而"安尼姆斯"是男性。换句话说，每个男人心中都有个女人，每个女人心中也都有个男人，这些特质会在生命中渐渐显现出来。

　　"文静"就是男人心中那个"安尼玛"的特质之一吗?

　　我深信,我们由始至终爱的都是同一类人。这个类型老早就在我们心中驻扎,然后我们邂逅那个人,问题只在时间的早晚。

　　可是,几乎每个女人有一天都会发现,她爱的是一个不存在的男人。她的理想太高,幻想也太多了,她爱上的不是男人,而是爱情。

　　爱上爱情,那么,她爱的男人根本不存在于这个地球上,而是在梦里星河。

爱情的餐桌

爱情从餐桌开始，也在餐桌上消逝。

第一次约会，总是离不开餐桌，也许是两个人一起吃的一顿晚饭，也许是一杯咖啡，也许是喧闹酒吧里的一杯鸡尾酒。

这样的第一次，我们总是努力展现自己最美好的一面。

从此以后，我们在餐桌上共度无数时光。

当然并不是每一次都快乐，有时我们会吵嘴，然后鼓着气，一句话也不说。

我记得我在餐桌边流过不少眼泪。但是，明天的明天，我们还是会一起吃饭，忘了流过的眼泪，忘了上一次为什么吵架。

直到一天，我们不再相爱了，一起吃的最后一顿饭变成了最后晚餐。

要是我们无可避免要吃最后的晚餐，喝最后一瓶酒，我们会吃什么？又会在什么地方吃？

每个人总是一点一点地死去。

有人说，只要把活着的每一天都当成最后一天来活，便会快乐

许多。可是，当你爱着一个人的时候，根本就不可能把和他一起吃的每一顿饭都当成是最后晚餐。

我们总是希望永远没有最后晚餐。

要是可以，我要一直跟你吃到永远，看着我们彼此在餐桌上渐渐凋零，眼睛老了，看不到账单上的小字，胃口小了，只能吃那么一点点，牙齿终于也掉光光了。

我爱的人终究会跟我一样，在餐桌边一点一点地老去。到了那一天，我但愿我是首先倒下去的那一个。就像认识你以后我们一起吃的每顿饭那样，我喝不完的酒，这一天，你也替我干了吧。

图书在版编目（CIP）数据

谢谢你离开我 / 张小娴著. -- 长沙：湖南文艺出版社，2013.4
ISBN 978-7-5404-6059-4

Ⅰ.①谢　Ⅱ.①张　Ⅲ.①散文集－中国－当代Ⅳ.①I267

中国版本图书馆CIP数据核字(2013)第038473号

上架建议：文学·散文

谢谢你离开我

著　　者：张小娴
内文插画：［法］ANNE JULIE
出版人：刘清华
责任编辑：薛健 刘诗哲
监　　制：刘丹
策划编辑：王静 王蕾
营销编辑：刘碧思
装帧设计：利锐
出版发行：湖南文艺出版社
　　　　　（长沙市雨花区东二环一段508号 邮编：410014）
网　址：www.hnwy.net
印　刷：北京尚唐印刷包装有限公司
经　销：新华书店
开　本：880mm×1270mm 1/32
字　数：150千字
印　张：7.5
版　次：2013年4月第1版
印　次：2016年7月第10次印刷
书　号：ISBN 978-7-5404-6059-4
定　价：30.00元

质量监督电话：010-59096394
团购电话：010-59320018

我只爱爱我的人，因为我不懂怎样去爱一个不爱我的人。